NAME: Justus Jonas
FUNKTION: Erster Detektiv
FRAGEZEICHENFARBE: weiß
BESONDERE MERKMALE: das Superhirn der drei ???; Meister der Analyse und Wortakrobatik; erstaunlich schneller Schwimmer; zu Hause auf dem Schrottplatz von Tante Mathilda und Onkel Titus; zupft beim Nachdenken an seiner Unterlippe
IST FAN VON: Tante Mathildas Kirschkuchen und Denksport aller Art

NAME: Peter Shaw
FUNKTION: Zweiter Detektiv
FRAGEZEICHENFARBE: blau
BESONDERE MERKMALE: für körperliche Herausforderungen immer zu haben, dafür kein Ass in der Schule; großer Tierfreund; Spezialist für Schlösser aller Art, die seinem Dietrichset einfach nicht standhalten können; neigt zu Vorsicht und Aberglauben
IST FAN VON: schnellen Autos (insbesondere seinem MG), der südkalifornischen Sonne, so ziemlich jeder Sportart

Die drei ???®

Die drei ???® Stille Nacht, düstere Nacht

erzählt von Hendrik Buchna

Kosmos

Umschlagillustration von Silvia Christoph, Berlin
Umschlaggestaltung von eStudio Calamar, Girona, auf der Grundlage
der Gestaltung von Aiga Rasch (9. Juli 1941–24. Dezember 2009)

Unser gesamtes lieferbares Programm und viele
weitere Informationen zu unseren Büchern,
Spielen, Experimentierkästen, DVDs, Autoren und
Aktivitäten findest du unter **kosmos.de**

Gedruckt auf chlorfrei gebleichtem Papier

© 2015, Franckh-Kosmos Verlags-GmbH & Co. KG, Stuttgart
Alle Rechte vorbehalten
Mit freundlicher Genehmigung der Universität Michigan

Based on characters by Robert Arthur.

ISBN 978-3-440-14225-7
Redaktion: Anja Herre
Lektorat: Nina Schiefelbein
Grundlayout und Satz: DOPPELPUNKT, Stuttgart
Produktion: Verena Schmynec
Printed in Slovakia / Imprimé en Slovaquie

Die drei ???®
Stille Nacht, düstere Nacht

Noch 24 Stunden	8
Noch 23 Stunden	16
Noch 22 Stunden	24
Noch 21 Stunden	32
Noch 20 Stunden	40
Noch 19 Stunden	46
Noch 18 Stunden	54
Noch 17 Stunden	60
Noch 16 Stunden	68
Noch 15 Stunden	76
Noch 14 Stunden	84
Noch 13 Stunden	90
Noch 12 Stunden	96
Noch 11 Stunden	102
Noch 10 Stunden	106
Noch 9 Stunden	110
Noch 8 Stunden	114
Noch 7 Stunden	118
Noch 6 Stunden	122
Noch 5 Stunden	126
Noch 4 Stunden	130
Noch 3 Stunden	136
Noch 2 Stunden	146
Noch 1 Stunde	166

Noch 24 Stunden

23. Dezember, zwölf Uhr mittags.
»Wow ...«, entfuhr es Peter. »Ein echtes Weihnachtsparadies.« Staunend ließ er seinen Blick durch die gewaltige Halle schweifen, die vom Boden bis zur Decke mit Weihnachtsschmuck, Tannengrün und unzähligen Spielzeugen dekoriert war. Eine fröhliche, wenn auch etwas abenteuerliche Melodien-Mischung aus ›Jingle Bells‹, ›The First Noel‹ und ›Joy to the World‹ lag über dem bunten Treiben in den zahllosen Gängen.
Bob nickte zustimmend. »Genau *so* habe ich mir als kleiner Junge das Zuhause von Santa Claus am Nordpol vorgestellt. Na ja – vielleicht ohne die vielen Vertreter.«
»So ist das eben auf einer Messe«, erwiderte der ebenfalls sichtlich beeindruckte Erste Detektiv. »Und in diesem Fall handelt es sich sogar um die größte Spielwaren-Fachmesse diesseits der Rocky Mountains. Hier trifft sich allweihnachtlich die gesamte Branche, um sich über die neuesten Entwicklungen und Trends im kommenden Jahr auszutauschen. Fernab der neugierigen Öffentlichkeit, versteht sich.«
Peter wandte den Kopf zu einem riesigen Panoramafenster, hinter dem sich vor stahlblauem Himmel eine prachtvolle Berglandschaft erstreckte. Die tief verschneiten, leicht bewaldeten Anhöhen glitzerten malerisch im Sonnenlicht, was den Eindruck einer Postkarten-Idylle noch verstärkte. In der Ferne, gut eine halbe Meile abseits des abgeschirmten Messegeländes, zogen unzählige Urlauber wie bunte Ameisen

ihre Bahnen und glitten auf Skiern oder Snowboards die perfekt präparierten Pisten hinab.

»Ein hochmodernes Tagungszentrum mitten in einem der schönsten Wintersportgebiete des Landes – die ideale Kombination für eine weihnachtliche Spielzeugmesse«, stellte der Zweite Detektiv fest.

»Freut mich, dass es euch auf der *GameFame* gefällt«, meldete sich nun ein etwas abseits stehender Mann mit leicht ergrauten braunen Haaren und freundlichem Lächeln zu Wort, dessen eleganter Anzug an der Hüfte etwas spannte.

»Und ob es das tut, Mr Nostigon«, bestätigte Justus mit leuchtenden Augen. »Ihre Einladung war wie ein vorgezogenes Weihnachtsgeschenk!«

Die drei ??? kannten den ehemaligen Kommissar seit ihrem Abenteuer auf der Geisterinsel. Damals hatten die Jungen Peters Vater zu einem Filmdreh an der Ostküste begleitet und waren einem Geheimnis auf die Spur gekommen, unterstützt von Mr Nostigon. Vor einiger Zeit war er allerdings aus dem Polizeidienst ausgeschieden und aus familiären Gründen an die Westküste gezogen. Nahe San Francisco hatte er sich als freier Sicherheitsberater selbstständig gemacht und war über Mr Shaw an einige erste Jobs in der Filmbranche gelangt. So hatte Nostigon sich rasch einen guten Ruf aufbauen können, der ihn für größere Aufgaben empfahl. Die vorläufige Krönung seiner neuen Tätigkeit war der Job als Sicherheitskoordinator auf der *GameFame*. Wie in den Vorjahren fand die große Spielwarenmesse in Crystal Pike statt, einem kalifornischen Wintersportresort nahe dem bekannten Mammoth Mountain.

Zum Dank für Mr Shaws Unterstützung hatte Mr Nostigon nach Absprache mit der Veranstaltungsleitung Peter, Justus und Bob zu der berühmten Weihnachtsmesse eingeladen. Natürlich hatten die drei Detektive begeistert zugesagt, zumal sie – offiziell angemeldet als Mitarbeiter des Sicherheitsteams – auch Einblicke hinter die Kulissen der *GameFame* erhalten würden.

»Hier ist es wirklich unglaublich«, bestätigte Bob. »Allein die schiere Größe dieser Halle … Da drin könnte man locker ein komplettes Kreuzfahrtschiff verstecken!«

»Solange ich nicht den An- und Abtransport übernehmen muss«, erwiderte Mr Nostigon amüsiert. »Aber du hast natürlich recht – auch ich war am Anfang vollkommen erschlagen von den Dimensionen hier. Und dabei ist das nur einer von mehreren Teilbereichen des Messegeländes.«

»Im Ernst?«, fragte Peter verblüfft. »Das hier ist noch gar nicht alles?«

»Bei Weitem nicht. Der gesamte Komplex umfasst drei Hauptareale: die *Grand Lodge* mit dem Hotelbereich im Osten, dann das derzeit ungenutzte Kongresszentrum im Norden und die *Fairground Hall* hier im Westen. Hinzu kommen fünf Innenhöfe mit Restaurants und Cafés und sogar ein eigenes Kino.« Nostigon seufzte. »Ihr könnt euch sicherlich vorstellen, was für einen Riesenaufwand es bedeutet, das alles vernünftig abzusichern.«

»Zweifellos eine Mammutaufgabe«, entgegnete Justus anerkennend. »Gehe ich recht in der Annahme, dass Sie im Vorfeld eine evaluative Rückkopplung mit den vorhandenen Security-Ressourcen forciert haben?«

»Herrje …«, flüsterte Peter und wandte sich zum dritten Detektiv um. »Wenn du's schaffst, das dreimal schnell hintereinander zu sagen, spendiere ich dir eine Wagenladung Zuckerwatte.«

Mr Nostigon schmunzelte. »Wie ich sehe, hat sich an deiner Vorliebe für hochgestochene Formulierungen nichts geändert, Justus.«

»Falls jemals der Tag eintritt, an dem sich unser Erster vom Aufstehen bis zum Schlafengehen vollkommen verständlich ausdrückt, schicken wir Ihnen sofort eine Postkarte«, versicherte Bob mit einem schiefen Grinsen.

Unwirsch winkte der Erste Detektiv ab. »Das ist doch wieder mal hoffnungslos übertrieben – ihr tut ja gerade so, als würde ich regelmäßig in Alt-Mesopotamisch mit euch reden!«

»Na, die alten Mesopotamier hatten bestimmt nix mit ›evaluativer Rückkopplung‹ am Hut«, murmelte Peter leise.

Doch bevor der Erste Detektiv auf diese spitze Bemerkung reagieren konnte, lenkte Mr Nostigon das Gespräch wieder auf das eigentliche Thema. »Um deine Frage zu beantworten, Justus: Hinsichtlich der Security waren hier keine Ressourcen vorhanden, auf die ich hätte zurückgreifen können.«

»Nicht?«, fragte Bob überrascht. »Aber die *GameFame* findet doch seit Jahren in Crystal Pike statt. Da müsste es doch eigentlich ein eingespieltes Sicherheitsteam geben.«

»Das gab es auch«, bestätigte Nostigon. »Aber im Unterschied zu den vergangenen Veranstaltungen hat die Messeleitung diesmal die gesamte Konzeption umgekrempelt. Alle Positionen wurden ausgewechselt. Auch die Stelle des Sicherheitskoordinators hatte man neu ausgeschrieben …«

Mit einer beschwingten Präsentationsgeste deutete Peter auf den Exkommissar. »… und der Gewinner waren *Sie*.«

»Nicht zuletzt dank der guten Jobs, die mir dein Vater vermittelt hat«, erwiderte Nostigon lächelnd. »Wegen des geänderten Konzepts musste ich hier allerdings ein völlig neu zusammengestelltes Team einweisen.«

Nachdenklich hob Justus die Augenbrauen. »Ziemlich ungewöhnlich, oder? Immerhin gab es hier eine erfahrene Sicherheitstruppe, die alles bis ins kleinste Detail kannte.«

»Wissen Sie, ob es einen bestimmten Grund für diese Änderung gab?«, erkundigte sich der dritte Detektiv.

Nostigon runzelte die Stirn. »Das kann ich nur vermuten. Diesmal gibt es nämlich eine ganz besondere Attraktion. Morgen um Punkt zwölf Uhr mittags wird –«

»Vorsicht, Bob!«, schrie Justus unvermittelt, doch da war es bereits zu spät. Zwei riesige Pranken mit spitzen Krallen packten den völlig überrumpelten dritten Detektiv an den Schultern und rissen ihn herum. Fassungslos starrten seine Freunde auf die unwirkliche Szenerie. Eine gewaltige, von oben bis unten mit rostbraunem Fell bedeckte Schreckgestalt hatte sich vor Bob aufgebaut und beugte sich nun zu seinem kreidebleichen Gesicht hinab. Der Kopf des Wesens hatte nichts Menschliches an sich, sondern glich einer grässlichen Affenfratze, aus deren aufgerissenem Maul lange Reißzähne herausragten.

»Duuu …«, knurrte die Kreatur mit abgrundtiefer Stimme, »… hast … gewonnen!«

Verdutzt hielten Justus und Peter, die soeben ihrem bedrohten Detektivkollegen zu Hilfe eilen wollten, inne.

Mit einem plötzlich gar nicht mehr schrecklich wirkenden Lächeln auf den fleischigen Lippen fingerte der Fellriese nun einen kleinen neonblauen Umschlag unter seinem stachelbewehrten Brustpanzer hervor und reichte ihn Bob, der immer noch kein Wort herausbringen konnte.

»Darin ist deine persönliche Glücksnummer für die große Verlosung morgen«, fuhr der Affenmensch munter fort. »Dort warten einzigartige Preise, exklusiv eingeflogen von meinem Heimatplaneten Neteria! Sei dir gewiss, kleiner Erdling …« Theatralisch riss der Koloss seine Fäuste nach oben. »… Spielspaß hat einen neuen Namen: HEROES OF THE UNIVERSE!«

In diesem Moment flackerte ein Glitzern der Erkenntnis in Peters Augen auf. »Jetzt weiß ich, woher ich den Typen kenne! Das ist doch Beastor – der Herr der Monster!«

»Du hast recht …«, murmelte Justus, dem ebenfalls ein Licht aufging. Erst jetzt bemerkte er, dass Mr Nostigon sich die ganze Zeit über abwartend im Hintergrund gehalten hatte. Mit einem vergnügten Lächeln trat er nun heran.

»So ist es. Leibhaftig und in voller Lebensgröße auf der *GameFame*, ebenso wie die anderen Mitstreiter von den HEROES. Genau davon wollte ich euch gerade berichten, als wir vom ›Monsterbändiger‹ unterbrochen wurden.«

In der Zwischenzeit hatte das Zottelwesen seinen leicht verrutschten Brustpanzer wieder sorgfältig zurechtgerückt und wandte sich zum Gehen. Zuvor beugte es sich jedoch nochmals zum dritten Detektiv hinab. »Also vergiss nicht, morgen zur großen Weihnachtspräsentation zu kommen.« Er grinste zwinkernd und entblößte dabei sein komplettes Raubtiergebiss. »Sonst werfe ich dich meinen Drachen zum Fraß vor!«

Nachdem Beastor davongetrottet war, drehte sich der immer noch völlig verdatterte Bob in Zeitlupentempo zu den anderen um. Den blauen Umschlag hielt er mit spitzen Fingern wie ein giftiges Insekt von sich weggestreckt. Er fühlte sich, als wäre er gerade aus einem verrückten Traum erwacht.

»Prä...sentation?«

»Genau!«, bestätigte Mr Nostigon fröhlich. Er deutete auf die Reisetaschen der Jungen. »Aber jetzt solltet ihr erst mal einchecken. Anschließend treffen wir uns wieder zum Essen und ich erzähle euch alles.«

»Ein ausgezeichneter Plan, Sir«, erwiderte Justus mit seliger Miene. »Nach diesem spektakulären Monsteralarm können wir eine kleine Stärkung gut gebrauchen...«

Noch 23 Stunden

23. Dezember, ein Uhr mittags.
Nachdem die drei Detektive ihre im zwölften Stock der *Grand Lodge* gelegenen Zimmer bezogen hatten, begaben sie sich zum *Lumberjack's*, wo Mr Nostigon sie bereits erwartete. In dem urigen, gleichfalls weihnachtlich geschmückten Restaurant im Holzfällerstil ließen sie sich ein deftiges Mountain-Menü schmecken.
Entschuldigend deutete der Exkommissar auf das Display des neben seinem Teller liegenden Mobiltelefons. »Verzeiht bitte, dass ich auch während meiner Mittagspause auf Empfang bleiben muss. Aber erfahrungsgemäß passieren gerade in den Auszeiten die meisten Störfälle.«
»Kein Problem«, erwiderte Justus lächelnd, während er ein üppiges Omelettstück auf seiner Gabel balancierte. »›Allzeit bereit‹ ist ein Motto, mit dem auch wir durchaus vertraut sind.«
»Als Detektiv ist man eigentlich immer im Dienst«, bestätigte Peter. »Wenn's nach Just ginge, würden wir auch auf das lästige Schlafen verzichten, aber –« Verblüfft hielt er inne.
»Was hast du denn?«, fragte Bob irritiert. »Du machst ein Gesicht, als hättest du gerade den Grinch gesehen.«
»Nicht ganz, aber immerhin den stärksten Mann des Universums!« Unauffällig deutete Peter auf einen etwas entfernt sitzenden, halb nackten Hünen mit blonder Mähne, Lendenschurz und Fellstiefeln, dessen gewaltige Muskeln jeden Profi-Bodybuilder vor Neid hätten erblassen lassen.

»Tatsächlich – das ist Free-Man, der legendäre Anführer der HEROES OF THE UNIVERSE …«, erwiderte Bob mit gesenkter Stimme.

Justus schmunzelte. »Ich wusste gar nicht, dass der größte Held des Planeten Neteria eine Vorliebe für gegrillte Rippchen hat.«

»Das sind eben die exklusiven Geheimnisse, die man nur hier auf der *GameFame* erfährt«, stellte Mr Nostigon verschmitzt fest. »Womit wir wieder beim eigentlichen Thema wären.« Er schob seinen leeren Teller beiseite und lehnte sich zurück. »Wie ihr sicherlich wisst, war HEROES OF THE UNIVERSE eine außerordentlich beliebte Fantasy-Fernsehserie. Vor dreißig Jahren hat sie riesige Erfolge gefeiert und wegen einer landesweiten Nostalgiewelle steht sie nun wieder hoch im Kurs.«

Der Zweite Detektiv nickte. »Das kann man wohl sagen. Momentan laufen die Wiederholungen ja im Fernsehen rauf und runter. Diese total bekloppten Outfits und die Billigeffekte wirken heutzutage natürlich unfreiwillig komisch – aber irgendwie auch cool.«

»Ein echtes Phänomen«, stimmte Bob zu und blickte erneut zu dem muskelbepackten Krieger hinüber. Trotz des imposanten Körperbaus vermochten die zahlreichen Gesichtsfalten nicht zu verbergen, dass er sein fünfzigstes Lebensjahr schon vor geraumer Zeit überschritten hatte. »Aber ich wusste gar nicht, dass die Schauspieler von damals noch immer aktiv sind. Eigentlich dachte ich, dass die alle nach dem Serienende in der Versenkung verschwunden wären.«

»Das waren sie zum größten Teil auch«, bestätigte Nostigon.

»Aber als vor einiger Zeit die große Retrowelle einsetzte, waren die vergessenen Helden plötzlich wieder gefragt. Seither sind sie beliebte Gäste auf Film-Conventions und Fanmessen. Auch wir haben sie als Show-Highlight für Autogrammstunden eingeladen – zumindest vordergründig.«
»Nur vordergründig?«, fragte Justus aufhorchend.
Mit bedeutungsvoller Miene hob der Exkommissar seinen rechten Zeigefinger. »So ist es – und genau hier kommt der heimliche Ehrengast der *GameFame* ins Spiel …« Er zog einen kleinen Prospekt aus der Innentasche seiner Anzugjacke und legte ihn aufgeschlagen in die Tischmitte, sodass jeder der drei Detektive einen Blick auf das abgedruckte Foto werfen konnte. Zu sehen war das sympathisch wirkende Gesicht eines lächelnden, etwa fünfundzwanzigjährigen Manns mit Nickelbrille, dessen ungebändigte braune Lockenpracht den Bildrahmen sprengte.
»›Dwight Fillmore – Informatiker, Tüftler, Visionär‹«, las Peter stirnrunzelnd den angefügten Kurztext vor. »Vielleicht tut sich da ja mal wieder eine dicke Bildungslücke bei mir auf, aber das sagt mir leider überhaupt nichts.«
»Es kommt zwar selten vor, aber diese Lücke teilen wir«, gab der Erste Detektiv zu.
»Kein Grund für überzogene Selbstkritik, Jungs«, versicherte Mr Nostigon und steckte den Prospekt wieder ein. »Derzeit ist Dwight Fillmore tatsächlich nur in Fachkreisen bekannt, aber das wird sich nach dem morgigen Tag mit Sicherheit ändern.«
Gespannt hob Bob die Augenbrauen. »Das Ganze hat nicht zufällig etwas mit der mysteriösen Präsentation zu tun, zu

der ich auf so reizende Weise von dem Affenmonster eingeladen wurde?«

»Volltreffer!«, entgegnete Nostigon strahlend. »Morgen schlägt Dwights große Stunde, oder vielmehr: die große Stunde seiner Schöpfung.«

»Schöpfung?«, fragte Peter irritiert. »Sie meinen ein Spielzeug, das dieser Mr Fillmore entwickelt hat?«

Nun war es Mr Nostigon, der verschwörerisch die Stimme senkte. In seinem Blick lag ein geheimnisvolles Glitzern. »Nicht ›irgendein‹ Spielzeug, sondern eine revolutionäre neue Generation von Spielfiguren, die alle bisherigen Standards in den Schatten stellen wird.«

»Erzählen Sie!«, raunte Justus gespannt.

»Es ist so: Mr Fillmore, genauer gesagt *Dr.* Fillmore ist ein echtes Wunderkind. Schon mit einundzwanzig Jahren hat er sein Informatikstudium ›summa cum laude‹, also mit höchster Auszeichnung, abgeschlossen. Seine bahnbrechenden Forschungen auf dem Gebiet der sogenannten *Smart Toys* haben schnell die Aufmerksamkeit einiger führender Spielwarenkonzerne erregt.«

»Smart Toys?«, fragte Bob. »Also intelligentes Spielzeug?«

»Richtig. Dwights Schwerpunkt sind hochbewegliche Actionfiguren, die dank modernster Mikrochiptechnik und Optiksensoren völlig eigenständig agieren können.«

»Wahnsinn …«, entfuhr es Peter. »Diese Figuren laufen also … völlig frei herum?«

Nostigon nickte. »Sie laufen, springen, klettern – und natürlich kämpfen sie miteinander, wenn Gut auf Böse trifft. Je nach strategischer Ausrichtung können ganze Wettbewerbe

ausgetragen werden. Aber natürlich besteht auch die Möglichkeit, in den Off-Modus zu schalten, wenn man ganz ›normal‹ mit den Figuren spielen will.«
»Das klingt in der Tat nach einer echten Revolution in der Spielzeugwelt«, stellte der Erste Detektiv fest. »Kein Wunder, dass Mr Fillmores Forschungen in der Branche für Aufsehen gesorgt haben. Wer als Erster mit einer so überlegenen neuen Technik an den Markt geht, kann das ganz große Geld machen.«
»So ist es«, bestätigte der ehemalige Kommissar. »Schon vor zwei Jahren ist deshalb der kalifornische Spielwarenkonzern *Fun Fellows* an Dwight herangetreten, um eine völlig neue Actionfigurenserie zu entwickeln.«
»Mit Erfolg«, mutmaßte Bob.
»Allerdings. Und der Clou des Ganzen: Dank geschickter Verhandlungen sicherte sich *Fun Fellows* die Rechte, diese Figuren in einer ganz besonderen Form herauszubringen, nämlich als perfekte Miniaturisierungen der –«
»HEROES OF THE UNIVERSE!«, ergänzte Peter.
Energisch wedelte Mr Nostigon mit den Händen. »Nicht so laut – bis morgen Mittag, Punkt zwölf Uhr, ist das noch streng geheim.« Er lächelte breit und deutete mit dem Kopf auf den blonden Hünen. »Dann nämlich wird Free-Man, der Anführer der Helden, während einer actiongeladenen Gala gegen Skulldor, den skelettgesichtigen Lord der Unterwelt, antreten.«
»Und anschließend erfolgt mit Glanz und Gloria die große Präsentation ihrer Miniversionen«, folgerte Justus. »Ein wirklich cleverer Schachzug: Man verbindet eine spektakulä-

re neue Spielzeugtechnik mit dem Design einer landesweit überaus populären Kultserie.«
»Hört sich nach einem perfekten Erfolgsrezept an«, erwiderte der dritte Detektiv.
»Absolut«, stimmte Nostigon zu. »Man munkelt, dass *Fun Fellows* eine geradezu astronomische Summe in die Produktion und Vermarktung der Figuren investiert hat. Entsprechend groß sind nun die Erwartungen, dass der Start der HEROES ein Riesenhit wird.«
Wie zur Bestätigung erhob sich der Free-Man-Darsteller nun von seinem Platz und reckte mit heroischer Geste ein mächtiges, silbern glänzendes Schwert in die Höhe. Sein folgender Ausruf klang dann allerdings deutlich weniger heldenhaft.
»Bei der Macht des Universums – ich will Nachtisch!«

Noch 22 Stunden

23. Dezember, zwei Uhr mittags.
Satt und zufrieden begaben sich Mr Nostigon und die drei Detektive im Anschluss an das herzhafte Mahl zurück zur *Fairground Hall*. Peter schwelgte noch immer in Gedanken an die neue Spielzeugreihe. »Einfach fantastisch … eigenständig kämpfende Actionfiguren, Helden gegen Monster! Da möchte man glatt wieder ein kleiner Junge sein.«
Grinsend kramte Bob seinen Losumschlag hervor. »Falls ich einen der HEROES gewinne, darfst du damit spielen, versprochen.«
»Zu liebenswürdig«, entgegnete Peter sarkastisch.
»Mach dir nichts draus, Zweiter«, tröstete ihn Justus. »Beim Anblick dieser Wunderkämpfer wird wohl so mancher Erwachsene das Kind in sich wiederentdecken. Das gehört zweifellos ebenfalls zum Vermarktungskonzept.«
Obwohl der Weg vom *Lumberjack's* zur Messehalle nur verhältnismäßig kurz war, benötigten sie eine ganze Weile für die Strecke, da es immer wieder etwas zu bestaunen gab. Beispielsweise einen prachtvollen Frosty-Schneemann, der mit beachtlichem Geschick sechs von innen beleuchtete Christbaumkugeln vor seinem mächtigen Bauch jonglierte. Darüber hinaus kosteten auch die zwei Sicherheitskontrollen, die sie durchlaufen mussten, einiges an Zeit.
»Wie ihr seht, kommt man hier überall nur mit gültiger Identifikations-Chipkarte weiter«, erklärte der Exkommissar. »Entweder man zeigt sie beim Wachpersonal vor oder

man hält sie, wie gerade eben bei der Automatiktür, vor ein Lesegerät, damit man Einlass erhält. Außer dem geladenen Fachpublikum, der Presse und den Mitarbeitern der *GameFame* kommt also niemand auch nur in die Nähe des Kernbereichs.«

»Keine Chance für ungebetene Besucher«, stellte Justus fest.

»Nicht die geringste. Immerhin hat die *GameFame* den Ruf als exklusivste Spielwarenmesse des Landes zu verlieren.« Mit weit ausgreifender Geste deutete Nostigon in die riesige, weihnachtlich glitzernde Halle hinein. »Das Sicherheitssystem ist absolut lückenlos. Um hierher, ins Herz der Messe, zu gelangen, müssen ankommende Besucher insgesamt vier Checkpoints durchlaufen. Ein achtundneunzigköpfiges Securityteam befindet sich in Dauerbereitschaft und die Zentrale in der zweiten Etage ist rund um die Uhr besetzt. Darüber hinaus ist der gesamte Ausstellungsbereich, einschließlich der neun Zugangswege, kameraüberwacht.«

»Mit anderen Worten: Hier ist man so sicher wie in Abrahams Schoß«, fasste Bob die Erläuterung zusammen.

Peter grinste schief. »In diesem Fall wohl eher wie im Schoß des Weihnachtsmanns.«

Auch Nostigon lächelte. »Wie ihr wisst, ist das mein erster Job dieser Größenordnung, und da will ich natürlich alles –«

Bevor er den Satz beenden konnte, piepte das Mobiltelefon in seiner Jackentasche. Rasch holte er das kleine Gerät hervor und blickte angespannt auf das Display.

»Ein Störfall?«, fragte Bob.

»Das wird sich zeigen«, entgegnete Nostigon stirnrunzelnd. »Eine Reinigungskraft steht offenbar vor einem von innen

verschlossenen Raum in Sektion D. Laut Plan handelt es sich um das Büro von Desmond Calbourn – einem prominenten Journalisten, der aber eigentlich erst heute Abend eintreffen soll. Auf Klopfen hin meldet sich niemand, deshalb werde ich mir das sicherheitshalber mal anschauen.« Er deutete auf den Hauptgang, wo an einem der zahllosen Stände gerade ein korpulenter Mann in schrillem Glitzer-Outfit mit einer Art Laser-Stift einen Tannenbaum in die Luft malte. »Wollt ihr mitkommen oder euch lieber ein bisschen umschauen?«
Justus tippte auf seine am Jackenkragen befestigte Identifikationskarte. »Als offizielle Mitglieder des Sicherheitsteams stehen wir Ihnen selbstverständlich zur Seite. Stimmt's, Kollegen?«
»Klar doch«, pflichtete der dritte Detektiv bei. »Das Weihnachtswunderland läuft uns ja nicht weg.«
»Okay, dann folgt mir. Bis zur Freitreppe und zu den Aufzügen würden wir in dem Gedränge eine halbe Ewigkeit benötigen – deshalb nehmen wir einen kürzeren Weg.« Der Sicherheitschef lenkte seine Schritte zu einer Metalltür, die er eilig mit einer schwarzen Chipkarte entriegelte. Nacheinander betraten alle das dahinterliegende Treppenhaus. Die tristen, mattgrauen Wände und kaltweiß leuchtenden Neonlampen boten einen kaum größer vorstellbaren Kontrast zum schillernden Farbenmeer der Messehalle.
Mr Nostigon wies nach oben. »Wir müssen rauf in den sechsten Stock. So lernt ihr gleich mal eine Level-blau-Passage kennen.«
Irritiert zog Bob die Stirn kraus. »Level blau?«
»Damit bezeichnen wir alle intern genutzten, aber für die

Öffentlichkeit gesperrten Areale. Im Notfall können diese Bereiche mit einer einzigen Freischaltung geöffnet werden, um eine schnelle Evakuierung zu ermöglichen.«

»Gut zu wissen …«, murmelte Peter, den es beim Gedanken an eine Massenflucht unwillkürlich fröstelte.

»Ist es … eigentlich normal, dass die … Pressevertreter eigene … Büros haben?«, fragte Justus schnaufend. Ihm wäre der Umweg zu den Fahrstühlen deutlich lieber gewesen.

»Nein, Mr Calbourn besitzt einen gewissen Sonderstatus. Er ist ein absoluter Branchenexperte und wird morgen die Festrede auf den Start der HEROES halten. Deshalb hat er von der Veranstaltungsleitung einen persönlichen Büroraum für Hintergrundgespräche und Interviews zur Verfügung gestellt bekommen.«

Wiederum meldete sich das Mobiltelefon, und der ehemalige Kommissar hielt inne, um die Nachricht zu lesen.

»Neuigkeiten?«, fragte Bob.

»Ja, das war die Zentrale. Mr Calbourn ist tatsächlich schon vor einer knappen Stunde hier eingetroffen und hat seine Chipkarte erhalten. Den Checkpoint vor dem Büroflur in Sektion D hat er um zwei Uhr passiert. Offensichtlich haben sich seine Pläne kurzfristig geändert.«

Nachdenklich runzelte Peter die Stirn. »Wenn er wirklich in dem Büro ist – wieso antwortet er dann nicht?«

»Vielleicht hält er ein Mittagsschläfchen, bevor er sich in den Messetrubel stürzt«, mutmaßte Nostigon. »Oder er telefoniert und hat das Klopfen nicht gehört. Wir werden ja gleich sehen, woran wir sind.«

Inzwischen hatten sie die sechste Etage erreicht und Mr Nostigon öffnete eine weitere Metalltür, hinter der ein heller, mit Tannengirlanden geschmückter Flur lag. In einiger Entfernung stand ein circa vierzigjähriger, schlanker Mann in blauem Overall mit einem Handwagen voller Putzutensilien. Er blinzelte nervös, als die vier Ankömmlinge an ihn herantraten. Das Namensschild an seiner Brust wies ihn als Frederic Barnes vom Serviceteam 3 aus.

»Gut, dass Sie da sind«, wandte er sich an Nostigon und deutete auf die Bürotür mit der Nummer 609. Auch sie verfügte über ein Chipkartenschloss, in dessen oberer Leiste ein kleines rotes Licht leuchtete. »Wie Sie sehen, wurde von innen die Verriegelung aktiviert. Dabei soll dieses Büro laut Raumplan erst in drei Stunden bezogen werden. Also habe ich geklopft und gefragt, ob ich eintreten darf, aber niemand meldet sich. Eine Fehlfunktion schließt die Zentrale aus.« Barnes hielt inne, so als müsse er seine Worte genau abwägen. »Außerdem habe ich … etwas gehört.«

»Gehört?«, entfuhr es Justus, dem noch im selben Moment bewusst wurde, dass ja nicht er hier die Ermittlungen leitete. Erleichtert stellte der Erste Detektiv fest, dass Mr Nostigon ihm diesen spontanen Vorstoß nicht übel zu nehmen schien. Der Mann im Overall strich sich mit einer fahrigen Bewegung über das spitze Kinn. »Da war ein Geräusch. Eine Art … leises Kichern.«

»Ein Kichern?« Auf der Stirn des ehemaligen Kommissars zeichnete sich eine steile Falte ab. »Sie haben also gehört, wie Mr Calbourn gekichert hat?«

Energisch schüttelte Barnes den Kopf. »Das war kein Mann, auf keinen Fall, dafür war die Stimme viel zu hoch.« Mit sichtlichem Unbehagen blickte er zur Bürotür. »Ich kann es nicht richtig beschreiben, aber an diesem Kichern … stimmte etwas nicht.«

»Wie meinen Sie das?«, klinkte sich Peter ein, den das Frösteln wieder eingeholt hatte.

Unsicher rang der Servicemann die Hände. »Haltet mich nicht für verrückt, aber dieses Kichern hatte etwas … Böses an sich. Etwas Bedrohliches, das mir durch Mark und Bein ging. Als ich dann klopfte, verstummte es schlagartig.«

»Moment mal«, ergriff Mr Nostigon wieder das Wort. Seine Gesichtszüge hatten sich schlagartig verhärtet. »Sie haben das Kichern also gehört, *bevor* Sie an die Tür klopften?«

»Genau.« Zögernd deutete Barnes auf ein Handy, das er an seinem Werkzeuggürtel trug. »Als ich vor dem Büro ankam, habe ich eine SMS von meiner Frau bekommen. Natürlich weiß ich, dass wir während der Arbeit keine privaten Nachrichten annehmen sollen, aber Claire hat heute Geburtstag, verstehen Sie? Also habe ich ihr schnell zurückgeschrieben, dass ich heute Abend auf jeden Fall pünktlich zur Party kommen werde. Und währenddessen habe ich hinter der Tür plötzlich dieses unheimliche Kichern gehört.«

»Aber als Sie dann klopften, antwortete Ihnen niemand«, ergänzte Bob.

Der Servicemann nickte und wies den Flur hinunter. »Dann bin ich zum Checkpoint und habe Meldung gemacht.«

Man konnte Mr Nostigon deutlich anmerken, wie zwiegespalten er war. Natürlich wollte er keinesfalls in eine möglicherweise verfängliche Situation hineinplatzen. Schließlich war es ja nicht verboten, dass der Journalist in seinem Büro

29

Besuch empfing und ungestört sein wollte. Doch auch die Jungen spürten, dass hier etwas nicht stimmte. Barnes machte ganz und gar nicht den Eindruck eines Wichtigtuers, der sich mit irgendwelchen Fantastereien in den Mittelpunkt stellen wollte.

»Es war völlig richtig, dass Sie uns Bescheid gesagt haben.« Mit festen Schritten trat Nostigon zur Tür, zückte erneut seine schwarze Chipkarte und führte sie zum Lesegerät. »Die Central Card deaktiviert automatisch den Verriegelungsmechanismus«, erklärte er an die Jungen gewandt. »Angesichts der besonderen Umstände übernehme ich die Verantwortung für das Öffnen des Büros.«

»Na, jetzt bin ich ja mal gespannt …«, murmelte Peter mit belegter Stimme.

Ein heller Piepton verkündete den Entriegelungsvorgang. Energisch umfasste Nostigon mit einer Hand die Klinke, mit der anderen klopfte er nochmals. »Mr Calbourn? Hier ist der Sicherheitsdienst. Ich werde jetzt reinkommen!«

Langsam öffnete er die Tür und trat ein. Zögernd folgten ihm die drei Detektive, während Barnes verunsichert auf der Schwelle stehen blieb. Im Inneren des Büros herrschte diffuses Halbdunkel, sämtliche Jalousien waren heruntergelassen. Fast wirkte es tatsächlich so, als hätte sich hier jemand für ein Nickerchen zurückgezogen, doch das Ledersofa auf der linken Zimmerseite war leer.

»Da drüben!«, rief Bob aufgeregt. »Hinter dem Schreibtisch – da liegt jemand auf dem Boden!«

Noch 21 Stunden

23. Dezember, drei Uhr nachmittags.
»Tatsächlich – es ist Calbourn!« In höchster Sorge stürzte Mr Nostigon zu dem leblosen etwa fünfzigjährigen Mann hinüber, der neben einem umgefallenen Bürostuhl lag, und tastete mit geübten Griffen nach dessen Puls.
»Und? Lebt … er noch?«, fragte Peter stockend.
»Kaum noch Pulsschlag, keine Atmung feststellbar«, erwiderte der Expolizist gehetzt. »Ich beginne mit der Wiederbelebung. Barnes, alarmieren Sie den medizinischen Notdienst!«
»Ja, Sir!« Fassungslos griff der Serviceman nach seinem Handy und eilte nach draußen.
Sofort war Peter an Nostigons Seite, um ihm bei der Beatmung und Herz-Lungen-Massage zu helfen, die glücklicherweise rasch Wirkung zeigten. Für einen kurzen Moment erlangte Calbourn sogar wieder die Besinnung, sank jedoch nach leisem Aufstöhnen zurück in die Bewusstlosigkeit. Währenddessen wuchteten Justus und Bob einen schweren Konferenztisch beiseite, um Platz für das Rettungsteam zu schaffen, und zogen anschließend die Jalousien hoch. Kurz darauf trafen die Sanitäter ein. Dank der schnellen Ersten Hilfe befand sich der Journalist inzwischen nicht mehr in akuter Lebensgefahr, er war jedoch immer noch ohnmächtig. Nachdem die Männer ihn untersucht und anschließend auf einer Tragbahre abtransportiert hatten, wischte sich Mr Nostigon schwer atmend den Schweiß von der Stirn. Anerkennend klopfte er dem Zweiten Detektiv auf die Schulter.

»Das hast du fabelhaft gemacht, Peter. Die Rettung kam buchstäblich in allerletzter Sekunde.«
»Wir waren ein gutes Team«, stimmte Peter schnaufend zu. Justus nickte und schaute zu dem blassen Serviceman hinüber, der sichtlich erschüttert in einer Zimmerecke stand. »Ein Glück, dass Mr Barnes so schnell reagiert und die Zentrale informiert hat. Andernfalls hätte das hier ein schlimmes Ende genommen.«
»Damit … hätte ich ja niemals gerechnet«, murmelte Barnes und blinzelte heftig, so als könne er immer noch nicht fassen, was gerade geschehen war. Dann blickte er Nostigon an. »Kann ich … noch irgendetwas für Sie tun oder –«
»Gehen Sie ruhig«, erwiderte der Securitychef. »Aber halten Sie sich bitte für eventuelle Rückfragen zur Verfügung.«
»Natürlich, Sir.«
Nachdem Mr Barnes das Büro verlassen hatte, ließ sich Mr Nostigon kopfschüttelnd auf der breiten Lehne des Sofas nieder. »Sorry, Jungs – so hatte ich mir das heutige Messeprogramm für euch natürlich nicht vorgestellt.«
»Machen Sie sich deshalb keine Gedanken«, erwiderte der Erste Detektiv mit einem aufmunternden Lächeln. »Erfahrungsgemäß pflegen Notfälle sich nicht nach Programm zu richten.«
»Die Hauptsache ist, dass Mr Calbourn gerettet werden konnte«, stimmte Bob zu. »Wohin wird er jetzt eigentlich gebracht?«
»Das Hotel hat eine eigene Krankenstation, dort erfolgt die weitere Versorgung. Im Anschluss wird man dann entscheiden, ob er in eine Klinik geflogen werden muss.«

Nachdenklich schaute Peter auf die Stelle am Boden, wo der Journalist gelegen hatte. »Offensichtlich hat er einen plötzlichen Zusammenbruch erlitten, der so heftig war, dass er keine Hilfe mehr alarmieren konnte.«

»Präzise zusammengefasst«, pflichtete Justus bei und ließ seinen sondierenden Blick durch das Zimmer schweifen. Dann deutete er auf die linke Seite des Stahlrohr-Schreibtischs. »Das umgefallene rote Fläschchen dort neben dem Faxgerät könnte diese These bestätigen.«

Neugierig trat Bob an den Tisch heran und begutachtete den Fund. »Das ist ein Minispray. Die Verschlusskappe ist noch drauf … Der Aufdruck lautet: *Dorangin akut – 1 Sprühstoß zu 48 Milligramm enthält 0,4 Milligramm Glyceroltrinitrat.*«

»Dorangin?«, fragte Peter aufhorchend. »Das sagt mir irgendwas.«

Mr Nostigon legte erstaunt den Kopf schief. »Im Ernst?«

»Ich glaube nicht, dass ich mich irre.« Grübelnd kratzte sich der Zweite Detektiv an der Schläfe. »Ab und zu mähe ich den Rasen bei einem alten Freund meines Großvaters. Der Mann ist schwer herzkrank und auf starke Medikamente angewiesen. Manchmal kommt er mit den Tabletten ein bisschen durcheinander, aber eine Sache hat er grundsätzlich immer bei sich.«

»Nämlich ein rotes Sprühfläschchen«, folgerte Justus.

»Genau. Er hat sich extra ein kleines Lederetui dafür anfertigen lassen, damit er es immer am Gürtel tragen kann. Irgendwann habe ich ihn einfach mal darauf angesprochen, und da hat er mir erklärt, wie dieses ›Dorangin‹ funktioniert:

Bei einem Herzanfall muss er sich zweimal in den Mund sprühen, damit die Herzkranzgefäße sich wieder erweitern.«
»Die sogenannte Angina Pectoris«, schaltete sich nun wieder der Sicherheitchef ein. »Krampfartige Herzenge, ausgelöst durch fortgeschrittene Arterienverkalkung.«
Bob nickte ernst. »Dann ist die Sache also klar: Mr Calbourn hatte einen akuten Herzanfall, griff nach seinem Notfallspray, aber schaffte es nicht mehr, es zu benutzen.«
»Er ließ das Sprühfläschchen fallen und es rollte neben das Faxgerät«, ergänzte Peter. »Dann brach er neben dem Schreibtisch zusammen.«
»Das könnte auch das Geräusch erklären, das Mr Barnes vorhin gehört hat«, stellte Nostigon fest. »Wahrscheinlich war es gar kein Kichern, sondern ein ersticktes Röcheln.«
»Klingt durchaus plausibel«, erwiderte Justus. »Bleibt nur die Frage, ob es eine konkrete äußere Ursache für den Zusammenbruch gab. So ein Herzanfall kann meines Wissens sowohl durch körperliche als auch durch psychische Belastung ausgelöst werden. Und da wir sicherlich ausschließen können, dass Mr Calbourn in diesem Büro einen Marathonlauf unternommen hat, gehe ich von Variante zwei aus.«
Bob horchte auf. »Du meinst also, irgendetwas hat ihn so sehr aufgeregt, dass er eine Herzattacke bekam? Möglicherweise der Grund für seine verfrühte Anreise?«
»Falls ja, finden wir mit etwas Glück in seinem Terminplan einen Hinweis«, überlegte Peter und wies auf ein kleines Ringbuch, das auf einem Aktenschrank lag.
Erwartungsvoll blickte Justus Mr Nostigon an. »Denken Sie, es ist okay, wenn wir kurz hineinschauen?«

Der ehemalige Polizist verzog die Lippen zu einem erschöpften Lächeln. »Einmal Detektiv, immer Detektiv, stimmt's?« Seufzend wischte er sich über das Gesicht, dann nickte er. »Da es hier um die Klärung eines gravierenden Vorfalls geht, halte ich diesen Eingriff in Mr Calbourns Privatsphäre für zulässig.«

Rasch nahm Justus den Terminplaner und blätterte zum 23. Dezember. »Hm … Leider Fehlanzeige. Hier sind erst ab sechs Uhr abends mehrere Termine notiert. Keine früheren Einträge für heute. Damit erhärtet sich zumindest unsere Vermutung, dass Mr Calbourn bis vor Kurzem noch geplant hatte, erst abends in Crystal Pike einzutreffen.«

»Doch dann veranlasste ihn irgendetwas dazu, seine ursprüngliche Planung über den Haufen zu werfen und deutlich früher anzureisen«, fügte Bob an.

»Offensichtlich etwas, das ihn sehr aufgewühlt hat«, ergänzte Peter.

Nostigon erhob sich. »Tja, Näheres werden wir wohl erst erfahren, wenn Mr Calbourn wieder ansprechbar ist. Bis dahin bleibt uns –« Irritiert verharrte er und betrachtete den Ersten Detektiv, der nun in gebeugter Haltung neben dem umgestürzten Bürosessel stand und grüblerisch die Augen verengte. »Du siehst aus, als wenn du etwas entdeckt hättest.«

»Möglicherweise. Lasst mir mal ein wenig Zeit«, erwiderte Justus angespannt und blickte eine Weile lang auf dem Boden hin und her.

»Darf man fragen, was du da machst?«, erkundigte sich Peter schließlich ungeduldig.

»Vielleicht sehe ich ja Gespenster, aber die Spuren dieses Rollsessels erscheinen mir höchst sonderbar.«

Überrascht hob Bob die Augenbrauen. »Die … Spuren des Rollsessels?«

»Exakt«, erwiderte Justus und deutete vor sich auf den Boden. »Auf dem weichen Teppich sind die frischen Abdrücke der Rollen trotz aller anderen, durch uns hinzugekommenen Spuren noch gut zu erkennen. Normalerweise beschränkt sich der Radius solcher Bürosessel ja auf die unmittelbare Schreibtischumgebung, also das kurze Vor- und Zurückrollen, wenn man sich hinsetzt oder aufsteht. Hier aber …«

»… führen die Spuren einmal quer durch den Raum bis zur Wand und wieder zurück«, beendete Mr Nostigon stirnrunzelnd den Satz. »Als wenn Mr Calbourn im Sitzen mehrere Meter nach rechts und anschließend wieder zurückgerollt wäre, bevor er zusammenbrach.«

»So ist es.« Der Erste Detektiv ließ sich in die Hocke nieder. »Die Schleifspuren an den Seiten deuten darauf hin, dass er sich mühsam rückwärts mit den Fersen vorangestemmt hat.«

»Das ist wirklich eigenartig«, gab Bob zu. »Wenn Calbourn trotz der Herzattacke noch reagieren konnte, hätte er doch bestimmt versucht, per Telefon um Hilfe zu rufen.«

Peter nickte. »Und er hätte es auch schaffen müssen, das Notfallspray zu benutzen, bevor er das Bewusstsein verlor.«

»Stattdessen rollt er mit letzten Kräften zum Ende des Raums und wieder zurück …«, murmelte Nostigon verwirrt und hob gedankenversunken Mr Calbourns Jacke auf, die noch halb über der Rückenlehne des Stuhls hing. Dabei rutschte eine Brieftasche heraus und fiel zu Boden.

Justus, der sich immer noch in der Hocke befand, warf instinktiv einen kurzen Blick auf die offen liegenden Innenfächer. Entgeistert stockte er. »Das … gibt's doch nicht.«
»Was hast du?«, fragte Bob überrascht.
Fassungslos zog Justus eine brandneu aussehende, blaue Plastikkarte hervor, deren oberer Schriftzug ihm sofort ins Auge gesprungen war. »Das hier ist das Abzeichen der NAUI. Die Abkürzung steht für *National Association of Underwater Instructors*.«
»Moment mal«, klinkte sich Peter ein. Auch er hatte die Tragweite der Entdeckung sofort erfasst. »Mr Calbourn hat … einen Tauchschein?!«
»Genauer gesagt hat er offenbar erst kürzlich die Ausbildung zum selbstständigen Gerätetaucher abgeschlossen«, bestätigte Justus.
Wie vom Donner gerührt starrte Nostigon den Ersten Detektiv an. »Jemand, der ein so akutes Herzleiden hat, dass es mit Notfallspray behandelt werden muss, könnte sich unmöglich zum Profitaucher ausbilden lassen. Das Risiko eines Anfalls unter Wasser wäre unverantwortbar.«
Einige Sekunden lang herrschte betroffene Stille. Dann wandte Bob seinen Blick zurück zu dem roten Sprayfläschchen. »Aber … das würde ja bedeuten …«
»… dass Mr Calbourn möglicherweise gar keine Herzattacke hatte, sondern das Opfer eines heimtückischen Anschlags wurde«, führte Justus den Satz mit versteinertem Gesicht zu Ende.

Noch 20 Stunden

23. Dezember, vier Uhr nachmittags.
Mr Nostigon war deutlich anzusehen, wie heftig seine Gedanken in Aufruhr geraten waren.
»Du denkst also, jemand hat ein … Attentat auf Mr Calbourn verübt und es anschließend so aussehen lassen, als sei es ein Herzanfall gewesen?«
»Für eine endgültige Bestandsaufnahme ist es natürlich noch zu früh«, entgegnete Justus gewohnt sachlich, »aber Fakt ist, dass die vermeintlich eindeutigen Umstände dieses Vorfalls bei genauerer Betrachtung erhebliche Unstimmigkeiten aufweisen. Fassen wir mal zusammen: Da haben wir einen zusammengebrochenen Journalisten und ein – nebenbei bemerkt geradezu demonstrativ gut sichtbares – Notfallspray zur Behandlung krampfartiger Herzanfälle. Dann jedoch …«, der Erste Detektiv hielt den Tauchschein in die Höhe, »… stellt sich heraus, dass der Mann offenkundig kerngesund und sogar so topfit ist, dass er vor Kurzem eine Ausbildung zum Gerätetaucher absolviert hat.«
»Nicht zu vergessen die seltsamen Spuren des Bürostuhls«, ergänzte Peter.
Justus nickte. »So ist es. Hätte Mr Calbourn wirklich einen Herzanfall gehabt, wäre es völlig unerklärlich, warum er noch genug Zeit hatte, sich mehrere Meter auf seinem Stuhl durch den Raum zu bewegen, es jedoch nicht schaffte, sein Spray einzunehmen und Hilfe zu alarmieren.« Er deutete auf den Teppich. »Wenn wir hingegen von der Hypothese ausgehen,

dass ihm irgendein Unbekannter, auf welchem Weg auch immer, eine giftige Substanz zugeführt hat, dann könnte man das Gewirr aus Abdrücken auch als Spuren eines Kampfes deuten.«

»Ein verzweifeltes Ringen mit dem Täter, jedoch schon zu schwach, um aus dem Stuhl aufzustehen«, fügte Bob mit belegter Stimme an. »Kurz darauf verließen ihn dann die Kräfte und er stürzte zu Boden.«

Skeptisch legte Nostigon die Stirn in Falten. »Falls es sich wirklich so abgespielt hat, wäre der Anschlag aber nicht gerade sorgfältig vorbereitet gewesen. Selbst wenn wir den Tauchschein nicht entdeckt hätten, wäre doch früher oder später herausgekommen, dass Mr Calbourn gar nicht herzkrank ist.«

»Nicht zwingend«, widersprach der Erste Detektiv. »Wir dürfen nicht außer Acht lassen, dass der Täter durch das plötzliche Erscheinen von Mr Barnes gestört wurde.«

»Deshalb musste er schnellstens verschwinden«, folgerte Peter. »Er wusste ja nicht, dass Barnes erst noch unsere Ankunft abwarten würde.«

»Völlig richtig«, erwiderte Justus. »Wäre der Serviceman nicht aufgetaucht, hätte der Täter mit Sicherheit die Präparierung des Tatorts zu Ende geführt, einschließlich Überprüfung der Brieftasche und Beseitigung aller verdächtigen Spuren. Und wer weiß – vielleicht sind hinter den Kulissen zur Vervollständigung der Täuschung noch ganz andere Dinge unternommen worden. Beispielsweise die Fälschung ärztlicher Unterlagen.«

»So verrückt es im ersten Moment auch klingt, dieser Plan

hätte möglicherweise wirklich funktionieren können«, ergriff Bob wieder das Wort. »Mir ist nämlich gerade eingefallen, warum mir der Name Calbourn so bekannt vorkommt.«
»Nämlich?«, fragte Peter gespannt.
»Desmond Calbourn hat in der Vergangenheit auch schon für die Los Angeles Post gearbeitet und einige spektakuläre Enthüllungsartikel geschrieben. Wenn ich mich richtig erinnere, erwähnte mein Vater, dass er ein ziemlich arroganter Eigenbrötler ist, der fast ausschließlich solo agiert, rund um die Uhr arbeitet, keine Familie und kaum Freunde hat. Ich bezweifle also, dass irgendjemand nähere Einzelheiten über seine Gesundheit kennt.«
»Verstehe …« Noch immer stirnrunzelnd griff Nostigon zu seinem Mobiltelefon. »Auch wenn die ganze Sache nach wie vor völlig unklar ist, werde ich sicherheitshalber die Krankenstation anrufen und mitteilen, dass es sich möglicherweise um eine Vergiftung handelt. Außerdem werde ich anordnen, dass Mr Calbourn stets unter Aufsicht bleiben soll.«
»Gute Idee, Sir«, erwiderte der Zweite Detektiv. »Falls wir wirklich ein Attentat verhindert haben, könnte der Täter ja noch mal versuchen zuzuschlagen.«
Das Telefonat war nur kurz und Mr Nostigons Miene unverändert sorgenvoll, als er auflegte.
»Der Zustand von Mr Calbourn ist zwar halbwegs stabil, aber er ist weiterhin ohne Bewusstsein. Es wird also noch dauern, bis wir erfahren, was wirklich vorgefallen ist. Auch das Ergebnis der Blutanalyse wird frühestens in ein paar Stunden vorliegen.«

Auffordernd schaute Justus ihn an. »Umso wichtiger ist es, dass wir die Zeit bis dahin sinnvoll nutzen.«

»Du hast recht …« Der Sicherheitschef straffte die Schultern und ließ einen langen Rundumblick über das gesamte Büro schweifen. »Mit unserer Rettungsaktion haben wir vermutlich alle brauchbaren Spuren auf dem Teppich zunichtegemacht und für eine offizielle Ermittlung ist die Faktenlage noch zu dürftig. Aber es reicht allemal, um diesen Raum gründlich zu durchsuchen.« Er wandte sich wieder den Jungen zu. »Schließlich ist die wichtigste Frage noch völlig offen.«

»Das ist sie in der Tat, Sir«, bestätigte Justus. In seinen Augen glomm nun ein altbekanntes Glitzern auf. »Wenn hier wirklich ein Anschlag stattgefunden hat – wie konnte der Attentäter dann aus einem von innen verschlossenen Raum mit heruntergelassenen Jalousien entkommen?«

Noch 19 Stunden

23. Dezember, fünf Uhr nachmittags.
Seit Beginn ihrer Suche nach einem verborgenen Zugang war schon geraume Zeit verstrichen, doch ein Erfolg wollte sich nicht einstellen. Mr Nostigon hatte inzwischen die Zentrale darüber unterrichtet, dass er bis auf Weiteres mit der Untersuchung des Falls Calbourn beschäftigt sei. Deshalb solle zunächst seine Stellvertreterin Catelyn McBride die weiteren operativen Aufgaben übernehmen.
»So ein Reinfall …«, stellte Peter genervt fest. »Keine Geheimtür, keine Klappe in der Wand – rein gar nichts.«
»In der Tat höchst sonderbar«, gab der Erste Detektiv zu und wandte sich an den ehemaligen Kommissar. »Wäre es denn denkbar, dass der oder die Täter den Raum verließen und es dann mit irgendeinem technischen Trick schafften, die Innenverriegelung zu reaktivieren?«
Nachdenklich strich sich Mr Nostigon über die Stirn. »Ausschließen kann ich es nicht, aber um das zu klären, werde ich einen Fachmann hinzuziehen müssen.«
»Selbst wenn so ein Trick möglich wäre, hätte doch niemand ungesehen aus dem Büro entkommen können, weil die ganze Zeit der Serviceman davorstand«, warf Bob ein.
Justus schüttelte den Kopf. »Irrtum. Vorhin erwähnte Mr Barnes, dass er nach erfolglosem Klopfen zu dem Checkpoint am Ende des Flurs gegangen war, um dort Meldung zu machen. Dieses kurze Zeitfenster hätte der Täter durchaus zur Flucht nutzen können.«

»Wie gesagt – die technischen Aspekte werde ich noch klären. Zuvor aber ...«, Mr Nostigon deutete zum Konferenztisch, auf dem nun die Jacke des Journalisten, seine Brieftasche und der Terminplaner lagen, »... sollten wir überprüfen, ob in Calbourns Sachen irgendein Hinweis zu finden ist, der uns weiterhelfen kann.«

Hoch konzentriert machten sich die vier an die Arbeit, stets darauf bedacht, kein noch so kleines Detail zu übersehen.

Plötzlich stockte Peter und hielt sich Mr Calbourns Jacke, die er gerade untersuchte, näher vor die Augen. »Kollegen – das könnte ein Volltreffer sein!«

»Was denn, Zweiter?«, fragte Justus überrascht.

Mit spitzen Fingern zupfte Peter am linken Ärmel herum. »Wir haben hier zwar kein Kriminallabor, aber auch so gehe ich jede Wette ein, dass diese zwei langen, orangefarbenen Fellhaare einem gewissen Affenmenschen gehören!«

»Die Wette gewinnst du«, erwiderte Nostigon. »Das ist zwar noch kein Schuldbeweis, aber zumindest wissen wir jetzt, dass Beastor, oder vielmehr der Schauspieler Chris Roth, vor Calbourns Zusammenbruch mit ihm Kontakt hatte.«

Bob zückte sein Notizbuch. »Dann setze ich diesen Roth schon mal auf unsere Liste der möglichen Verdächtigen.«

Justus deutete auf eine Zeile im Terminplaner, den er gerade durchblätterte. »Da du ohnehin am Schreiben bist, kannst du gleich einen weiteren Namen notieren: L. Taggart.«

»Lawrence Taggart?« Perplex hielt der Exkommissar inne. »Das ist der Chef des *Fun-Fellows*-Konzerns! Warum sollte der verdächtig sein?«

»Weil in Mr Calbourns Terminplan heute für neun Uhr

abends der Name Taggart eingetragen ist«, erklärte Justus. »Bis dahin hatte ich vorhin noch nicht gelesen, weil es uns ja zunächst nur um den Vor- und Nachmittagszeitraum ging.«
Bob zuckte die Achseln. »Schön und gut, er wollte sich also mit dem Boss dieser Spielwarenfirma treffen. Das besagt doch aber noch nichts.«
»Das allein nicht«, gab Justus zu. »In Kombination mit dem anschließenden Vermerk sieht die Sache allerdings schon deutlich anders aus: *Heroes/Intrige*.«
»Mein lieber Mann …«, murmelte Peter.
Nostigon hob mahnend die Hand. »Wir sollten jetzt keine vorschnellen Schlüsse ziehen. Eine Eintragung in einem Terminplan macht noch niemanden zum Verbrecher.«
»Da haben Sie zweifellos recht«, pflichtete Justus ihm bei. »Aber zusammen mit den Haaren des Beastor-Darstellers ist diese Notiz nun schon die zweite direkte Verbindung zu *Fun Fellows* und den HEROES OF THE UNIVERSE.«
»Drei, wenn wir diese Karte der *Galaxy Con* mitzählen«, ergänzte der dritte Detektiv und deutete auf ein silbern glänzendes Ticket, das er in der Brieftasche des Journalisten entdeckt hatte. »Offensichtlich war Mr Calbourn vor zwei Wochen auf dieser Science-Fiction-und-Fantasy-Messe in Malibu. Laut Text auf der Kartenrückseite nahmen sowohl HEROES-Schauspieler als auch der Serienerfinder Mason Wachinski an dem Event teil.«
Der ehemalige Kommissar schüttelte den Kopf. »Jungs, ich glaube, da verrennt ihr euch. Wir dürfen ja nicht vergessen, zu welchem Zweck Mr Calbourn hierhergekommen ist. Schließlich sollte er morgen die Festrede auf den Start der

HEROES-Figuren halten. Da ist es doch völlig normal, dass er sich vorher eingehend mit diesem Thema beschäftigt.«

»Keine Einwände gegen die letzte Feststellung«, entgegnete Justus entschlossen. »Ganz im Gegenteil – exakt *das* ist der springende Punkt.«

»Ach ja?«, fragte Peter verdutzt. »Und wieso?«

»Bei unseren vorangegangenen Überlegungen haben wir einen elementaren Faktor bislang sträflich vernachlässigt, und zwar das mögliche Motiv des Täters.«

»Ich ahne, worauf du hinauswillst, Erster!«, klinkte sich Bob ein. »Mr Calbourn ist investigativer Journalist und bekannt für aufsehenerregende Enthüllungsgeschichten. Nun stellen wir uns doch mal vor, dass er bei seinen Recherchen zum Thema HEROES auf irgendetwas gestoßen ist, das so ganz und gar nicht zum strahlenden Serienimage passt.«

Unsicher blickte Peter seine Freunde an. »Ihr meint ein … dunkles Geheimnis?«

»Die notierten Stichworte ›Heroes‹ und ›Intrige‹ bieten für diese Mutmaßung durchaus eine Grundlage.« Justus machte eine ausholende Geste. »Falls Calbourn also tatsächlich einem Skandal auf der Spur war, könnte er geplant haben, den Medienrummel bei der morgigen Gala zu nutzen, um seine Bombe platzen zu lassen. Offenbar ist er ja ein Mann, der die großen Schlagzeilen liebt.«

Mr Nostigon presste die Lippen aufeinander. »Wenn ihr mit eurer Vermutung recht habt, läge tatsächlich ein triftiges Tatmotiv vor. Mit dem millionenschweren Start der HEROES OF THE UNIVERSE sind schließlich von diversen Seiten enorme Interessen verknüpft. Ein Eklat während der großen

Präsentation morgen würde ein regelrechtes Erdbeben nach sich ziehen, mit unabsehbaren Folgen.«

»Das lässt unsere bisherigen Verdächtigen plötzlich in einem ganz neuen Licht erscheinen«, stellte Bob fest. »Sie alle erhoffen sich durch den Siegeszug der HEROES-Figuren ja einen Riesenhaufen Geld und neuen Starruhm.« Zögernd hielt er inne. »Dann muss unsere Liste allerdings noch um mindestens einen Namen ergänzt werden.«

»Dwight Fillmore«, erwiderte der Zweite Detektiv. »Für den Schöpfer dieser revolutionären Spielfiguren steht schließlich seine gesamte berufliche Zukunft auf dem Spiel.«

Skeptisch kratzte sich der Securitychef am Ohr. »Leute, ich weiß ja, dass man Menschen nicht auf den ersten Eindruck hin beurteilen sollte. Aber ich habe Dwight gestern bei einer Vorbesprechung für die Gala kennengelernt und mir ist selten in meinem Leben ein so schüchterner und liebenswürdig-harmloser Typ begegnet wie er. Wenn mein Instinkt als Polizist also nicht völlig eingerostet ist, dann hat Dwight Fillmore definitiv nicht das Zeug zum Attentäter.«

»Das nehmen wir natürlich zur Kenntnis, Sir«, stellte Justus fest. »Dennoch sind wir es unserer detektivischen Sorgfaltspflicht schuldig, jeden potenziell Verdächtigen unter die Lupe zu nehmen.«

Nickend schaute Bob auf sein Notizbuch. »Beim aktuellen Stand wären das also der *Fun-Fellows*-Boss Lawrence Taggart, der Beastor-Darsteller Chris Roth, der Figurenentwickler Dwight Fillmore und der Serienerfinder Mason Wachinski. Für jeden von ihnen wäre das Scheitern der HEROES eine Katastrophe.«

»Und um diese Katastrophe zu verhindern, wollte der Täter Mr Calbourn stoppen, bevor er an die Öffentlichkeit tritt«, führte Peter den Gedanken mit düsterer Miene zu Ende. Gesenkten Kopfes schritt der ehemalige Kommissar auf und ab. »Aber auf was könnte Calbourn gestoßen sein, das eine solche Gefahr darstellen würde? Hier im Büro haben wir jedenfalls keinen Hinweis gefunden …« Plötzlich verharrte er mitten in der Bewegung.
»Was haben Sie?«, fragte Justus überrascht.
Zögernd ging Nostigon zurück zu der Stelle, wo der Journalist gelegen hatte. »Mir ist da gerade etwas eingefallen, woran ich in all dem Wirbel gar nicht mehr gedacht hatte. Für einen kurzen Moment war Mr Calbourn vorhin zur Besinnung gekommen, und bevor er wieder bewusstlos wurde, hat er etwas geflüstert.«
Peters Augen weiteten sich verblüfft. »Das habe ich gar nicht mitbekommen. Was hat er denn gesagt?«
»Es ergab keinen Sinn, deshalb nahm ich an, dass er fantasiert. Aber jetzt im Nachhinein …« Nostigons Blick trübte sich und er verfiel in Schweigen.
Behutsam, so als nähere er sich einem Schlafwandler, den er nicht wecken wollte, trat der Erste Detektiv an ihn heran. »Sir, *was* hat Mr Calbourn Ihnen gesagt?«
»Es … war nur ein einziges Wort.« Der ehemalige Polizist hob den Kopf und schaute Justus direkt in die Augen. »Elfenbeinfrau.«

Noch 18 Stunden

23. Dezember, sechs Uhr abends.
Sichtlich verblüfft legte Bob den Kopf schief. »Elfenbeinfrau? Was kann Mr Calbourn denn damit gemeint haben?«
Gedankenverloren zupfte Justus an seiner Unterlippe. »In der Tat ein überaus eigentümliches Wort. Wenn wir für den Moment die Annahme verfolgen, dass Mr Calbourn *nicht* fantasiert hat, müssen wir davon ausgehen, dass er damit irgendeinen Hinweis geben wollte.«
»Falls es tatsächlich um einen Skandal bei den HEROES geht, könnte es der Name einer bestimmten Figur sein«, überlegte Peter.
»Ausgezeichnete Idee!«, lobte der Erste Detektiv und blickte in die Runde. »Und? Klingelt da irgendwas bei euch?«
Grübelnd massierte Bob seine Nasenwurzel. »Hm ... an eine Elfenbeinfrau kann ich mich, zumindest bei der Fernsehserie, nicht erinnern. Aber wartet mal ... gibt es da nicht so eine böse Zauberin, deren Name mit ›E‹ anfängt?«
Euphorisch schnippte Peter mit den Fingern. »Stimmt, Elva Evil!« Erwartungsvoll wandte er sich an Nostigon. »Könnte es vielleicht dieser Name gewesen sein, den Mr Calbourn geflüstert hat?«
Der Securitychef schüttelte energisch den Kopf. »Nein, das passt vom Klang und von den Silben her nicht. Ich bin mir wirklich nahezu hundertprozentig sicher, dass er ›Elfenbeinfrau‹ gesagt hat.«
Justus seufzte. »Dann verläuft, zumindest in diesem Punkt,

der Ansatz mit den Actionfiguren im Nichts. Es sei denn, dass sich diese seltsame Frau zwar nicht auf die HEROES, aber auf eine andere Spielzeugreihe bezieht.«

»Das erscheint mir nicht gerade schlüssig«, erwiderte Nostigon. »Aber ich werde auf jeden Fall mal Erkundigungen in dieser Richtung einholen.«

»Und was ist, wenn der Begriff wörtlich gemeint war?«, fragte der dritte Detektiv. »Möglicherweise ist ein Schmuckstück aus Elfenbein gemeint.«

»Oder es ist schlicht und einfach ein Codewort, mit dem wir nichts anfangen können«, ergänzte Peter.

Unwillig wischte sich Justus eine lästige Strähne aus der Stirn. »So frustrierend es auch ist – an dieser Stelle kommen wir zumindest hier vor Ort nicht weiter.«

»Das fürchte ich auch«, schloss sich Nostigon an und richtete seine Krawatte. »Deshalb sollten wir uns nun Mr Calbourns Hotelzimmer zuwenden. Vielleicht stoßen wir dort auf irgendwelche handfesten Anhaltspunkte. Anschließend nehmen wir uns die Verdächtigen und ihre Alibis vor.«

»Also behandeln Sie die ganze Sache vorerst intern, ohne Polizei?«, erkundigte sich der dritte Detektiv.

»Ja. Solange nicht zweifelsfrei geklärt ist, dass hier ein Verbrechen vorliegt, sind mir die Hände gebunden. Ohne Beweise kann ich unmöglich einen Attentatsverdacht aussprechen und damit den Ablauf der gesamten Messe gefährden.«

Stirnrunzelnd kratzte sich Peter am Kinn. »Stimmt, eine offizielle Ermittlung würde natürlich Riesenwellen schlagen. Und falls sich dann herausstellt, dass es doch nur ein Unfall war, ist der Schaden nicht wiedergutzumachen.«

»Auch ich denke, dass wir zum jetzigen Zeitpunkt noch im Stillen und unterhalb des öffentlichen Radars agieren sollten«, pflichtete Justus bei. »Sobald wir Gewissheit haben, können wir ja immer noch die Polizei hinzuziehen.«

Bob atmete tief ein. »Okay, das bedeutet also im Klartext: Die drei ??? haben einen neuen Fall!«

»Und diesmal wird es ein echter Wettlauf gegen die Zeit«, fügte Peter an. »Denn morgen Mittag um zwölf Uhr ist die große Schlussgala – danach starten alle Messeteilnehmer auf Nimmerwiedersehen in den Weihnachtsurlaub.«

»Bleiben uns also noch knapp 18 Stunden«, verkündete Justus und richtete seinen Blick auf Mr Nostigon. »Was halten Sie davon, wenn wir uns für eine Weile aufteilen? Während Sie und Peter das Hotelzimmer unter die Lupe nehmen, könnten Bob und ich schon mal an Beastor alias Chris Roth herantreten – mit der gebotenen Diskretion, versteht sich.«

»Einen Anknüpfungspunkt für ein Gespräch hätten wir schon mal«, fügte der dritte Detektiv an. »Schließlich war ich einer der ›Auserwählten‹ von Beastors Los-Aktion. Da wäre es ja absolut nichts Ungewöhnliches, wenn ich gern etwas mehr zu den HEROES und der Präsentation morgen wissen möchte.«

»Und zwei neugierige Jungs sind bei einer solchen Befragung allemal unverdächtiger als der Sicherheitschef der Messe«, ergänzte Peter, der insgeheim froh war, zunächst für das Hotelzimmer abkommandiert zu sein. Auf eine weitere Begegnung mit dem möglicherweise mordlustigen Affenmonster konnte er gut und gern verzichten.

»Klingt vernünftig.« Mr Nostigon straffte sich. »Okay, dann werde ich als Erstes bei Catelyn in der Zentrale anrufen. Sie soll veranlassen, dass Calbourns persönliche Gegenstände hier abgeholt und sicher verwahrt werden. Außerdem soll ein Wachmann dieses Büro im Auge behalten – natürlich unauffällig und mit gebührendem Abstand.«

»Eine sinnvolle Maßnahme«, erwiderte Bob. »Schließlich könnte der Attentäter – wenn es denn einen gibt – an den Tatort zurückkehren, um die unterbrochene Säuberungsaktion zu Ende zu bringen.«

»Falls das passiert, haben wir ihn«, gab der Expolizist grimmig zurück und trat in den Flur hinaus.

Als Justus ihm folgte, breitete sich plötzlich ein Lächeln auf seinem Gesicht aus. »Und selbst wenn nicht, kennen wir mit etwas Glück vielleicht in Kürze das Gesicht des Täters.«

»Tatsächlich?«, fragte der Zweite Detektiv verdutzt.

Nostigon klatschte sich an die Stirn. »Nicht zu fassen! Da schwärme ich euch vorhin lang und breit von der exzellenten Videoüberwachung vor und vergesse sie dann völlig!« Er schloss kopfschüttelnd die Bürotür und wies zur Decke. »Auch dieser Flur ist mit Sicherheitskameras bestückt. Wie wir wissen, hat Mr Calbourn den Checkpoint auf dieser Ebene um zwei Uhr passiert, und eine knappe Stunde später, um kurz vor drei, sind wir hier eingetroffen.«

»Verstehe«, gab Bob zurück. »Die Zentrale braucht also nur zu überprüfen, wer außer Mr Calbourn das Büro 609 zwischen zwei und zwei Uhr fünfundfünfzig betreten hat. Beim Betreffenden handelt es sich mit höchster Wahrscheinlichkeit um unseren Täter!«

»So ist es. Sicherheitshalber werde ich den Beginn des Zeitfensters aber etwas vorverlegen. Es ist ja nicht ausgeschlossen, dass der oder die Täter sich bereits *vor* Calbourns Ankunft Zutritt verschafft und ihm aufgelauert haben. Außerdem lasse ich mir gleich am Checkpoint die Namen sämtlicher Personen mitteilen, die diesen Bereich im fraglichen Zeitraum betreten und wieder verlassen haben.« Nostigon zückte sein Mobiltelefon. »Aber jetzt sage ich erst mal in der Zentrale Bescheid.«

Das Telefonat dauerte wesentlich länger als erwartet und der schärfer werdende Tonfall des ehemaligen Polizisten ließ darauf schließen, dass er mit den erhaltenen Informationen ganz und gar nicht zufrieden war.

»Das gibt's doch nicht ...«, fauchte er genervt, während er sein Mobiltelefon wieder einsteckte.

Irritiert legte Justus die Stirn in Falten. »Probleme?«

»Allerdings.« Verärgert wies Nostigon auf eine der Kameras an der Flurdecke. »Catelyn hat mir gerade mitgeteilt, dass es in der gesamten Sektion D aus bislang noch ungeklärter Ursache einen Systemfehler gegeben hat.«

»Einen Systemfehler?«, fragte Peter verblüfft.

Nostigon zuckte die Achseln. »Genaueres konnte sie mir nicht sagen, aber bis auf Weiteres sind sämtliche Kameraaufnahmen des heutigen Nachmittags unbrauchbar. Man bemüht sich um eine Rekonstruktion der Bilddaten, aber der Erfolg ist ungewiss.«

Mit düsterer Miene blickte Justus den Flur hinunter. »In Zimmer 609 erleidet Mr Calbourn einen rätselhaften Zusammenbruch und auf ebenso rätselhafte Weise verschwinden sämtliche Bilder der Flurkameras. Ein etwas arg bizarrer Zufall für meinen Geschmack ...«

Noch 17 Stunden

23. Dezember, sieben Uhr abends.
Nachdem Bob und Justus sich verabschiedet hatten, um zur Messehalle zurückzukehren, waren Mr Nostigon und Peter zum Checkpoint am Beginn des Flurs gegangen. Die Informationen, die sie vom dortigen Securitymitarbeiter erhalten hatten, waren jedoch alles andere als aufschlussreich gewesen. Laut den Erfassungsdaten hatten im angefragten Zeitraum nur Mr Calbourn, zwei Mitarbeiter von Spielzeugfirmen auf dem Weg zu ihren Büros, ein Wachmann auf Routinekontrollgang und schließlich Mr Barnes vom Serviceteam den Flur betreten. Auch das anschließende Gespräch mit dem herbeibestellten, aufrichtig erstaunt wirkenden Wachmann hatte keine weiteren Erkenntnisse erbracht. Wie es schien, war im gesamten Flurbereich von Sektion D nichts Auffälliges geschehen.
Missmutig folgte Peter dem ehemaligen Kommissar nun in Richtung der Fahrstühle. »Das hat uns leider keinen Schritt weitergebracht. Warum sind eigentlich die Büros in diesem Trakt kaum belegt? Außer Nummer 609 sind nur zwei weitere Räume vergeben und die entsprechenden Leute waren nur ganz kurz in ihren Büros.«
»Das liegt wahrscheinlich daran, dass diese Ebene von der *Fairground Hall* aus am weitesten entfernt liegt«, vermutete Mr Nostigon und drückte den Fahrstuhlknopf. »Eine Verbindung zu Calbourn oder den HEROES ist bei den betreffenden Personen jedenfalls nicht zu erkennen.«

»Wahrhaftig nicht«, erwiderte Peter und blickte auf die Notizen, die er sich zuvor gemacht hatte. »Mrs Tembrync im Büro 603 gehört zum *Gambuild*-Konzern, der sich auf umweltfreundlich hergestellte Holzbrettspiele spezialisiert hat. Und Mr Petrescu im Büro 608 ist Pressesprecher einer kleinen Nischenfirma mit Schwerpunkt auf Haustierspielzeug.«
»Weit und breit keine Parallele zu den Weltraumkämpfern von *Fun Fellows* …« Seufzend verschränkte Nostigon die Arme vor der Brust. »Hoffen wir also, dass wir beim Hotelzimmer erfolgreicher sind.«
Kurz darauf öffnete sich die Aufzugtür und die beiden betraten die Kabine. Auf dem Weg ins Erdgeschoss stiegen mehrere angeregt plaudernde Personen zu. Lediglich eine ältere Dame in der gegenüberliegenden Ecke des Fahrstuhls stand abseits der anderen. Ohne den Grund zu wissen, weckte irgendetwas an ihr Peters Aufmerksamkeit. Unauffällig musterte er sie. Die Frau war durchschnittlich groß, aber ausgesprochen hager und trug einen perfekt sitzenden, anthrazitfarbenen Anzug. Ein langer, heller Schal schien die Konturen zwischen ihrem Hals und den ohnehin schmalen Schultern regelrecht zu verwischen. Ihr schneeweißes Haar war streng zurückgekämmt und am Hinterkopf zu einem Knoten gebunden. Am eigenartigsten fand Peter jedoch ihr Gesicht. Die pergamentartige Haut war bleich wie Kalk, Stirn und Haar schienen übergangslos miteinander zu verschmelzen, so als sei diese reglos und kerzengerade dastehende Frau gar nicht aus Fleisch und Blut, sondern eine dürre Skulptur, die zum Leben erwacht war. Kalt und weiß.
Und plötzlich, wie ein gleißender Blitz, durchzuckte das rät-

selhafte Wort von Mr Calbourn die Gedanken des Zweiten Detektivs.

*Elfenbein*frau …

Im selben Moment erinnerte er sich auch an das verstörende Kichern, das der Serviceman hinter der verschlossenen Tür gehört hatte. Gerade wollte Peter sich an Mr Nostigon wenden, da bemerkte er entsetzt, dass die seltsame Frau nun nicht mehr vor sich auf die Fahrstuhltür blickte, sondern ihren Kopf umgewandt hatte und ihn direkt anstarrte! Ihre kleinen, stechend schwarzen Augen schienen ihn regelrecht zu durchbohren, während sich ihre dünnen Lippen zu einem widerwärtigen Grinsen verzogen.

In der Zwischenzeit hatten Justus und Bob auf der Suche nach Beastor schon eine gefühlte Ewigkeit damit zugebracht, sich Meter für Meter durch den unverändert dichten Trubel in der *Fairground Hall* zu kämpfen. Der erneute Wechsel vom fast menschenleeren Bürotrakt zur glitzernd-pulsierenden Weihnachtswelt war im wahrsten Sinne des Wortes atemberaubend.

»Unglaublich, was hier immer noch los ist«, murrte der dritte Detektiv, während er sich an einer Gruppe vorbeischlängelte, die gerade ein fast zwei Meter großes dreidimensionales Puzzle des Empire State Building bestaunte, auf dessen Spitze eine King-Kong-Figur mit roter Weihnachtsmütze thronte. Justus entfaltete einen kleinen Prospekt, den er an einem Infostand mitgenommen hatte. »Die Pforten der Halle schließen erst um zehn Uhr. Danach beginnt das Abendprogramm in den Bars und Clubs der *Grand Lodge*.«

»Wahrscheinlich ebenfalls untermalt mit Weihnachtsgedudel in Dauerschleife«, mutmaßte Bob, dem die mittlerweile dritte Wiederholung von ›The Twelve Days of Christmas‹ gehörig auf die Nerven ging. »Ich habe ja nichts gegen feierliche Stimmung, aber das hier ist wie eine Achterbahnfahrt in einem knüppelvollen Weihnachtsschlitten – irgendwann wird einem übel …«
Justus nickte. »Vollste Zustimmung, Kollege. Umso dringlicher, dass wir endlich dieses Fellmonster finden.«
Sie gelangten nun zur Mitte der riesigen Halle, in deren Zentrum eine kreisrunde Bühne mit romantischer Kunstschneelandschaft und einem farbenfroh geschmückten Tannenbaum aufragte. Ein kunterbuntes Schild verkündete, dass es sich hier um den Nordpol handelte, und gleich daneben thronte ein beeindruckender Weihnachtsmann auf einem imposanten roten Plüschsessel. Eine Gruppe bezaubernder junger Damen in grünen Elfenkostümen tanzte mit erstaunlichem akrobatischem Geschick um ihn herum und warf kleine Zuckerstangen in die Menge, während Santa Claus den vorbeigehenden Besuchern im stets gleichen Rhythmus zuwinkte und ein dröhnendes ›Ho-Ho-Ho!‹ schmetterte.
»Also, das wäre kein Job für mich«, stellte Bob fest.
Justus grinste spöttisch. »Warum denn nicht? So ein schickes Kleidchen würde dir bestimmt ausgezeichnet stehen.«
»Sehr witzig«, knurrte der dritte Detektiv. »Aber im Ernst – wenn ich mit dickem Wintermantel, Pudelmütze und kratzigem Vollbart in einer stickig-heißen Messehalle hocken und ununterbrochen ›Ho-Ho-Ho‹ brüllen müsste, würde ich nach spätestens einer halben Stunde bekloppt werden.«

»Vielleicht darf er zur Abwechslung ja zwischendurch auch mal ›Fröhliche Weihnachten‹ rufen«, entgegnete Justus schmunzelnd. Dann hielt er inne.

»Was ist?« Irritiert blieb Bob ebenfalls stehen. »Jetzt sag nicht, dass du so eine Zuckerstange haben willst.«

Der Erste Detektiv blickte ihn tadelnd an. »Obwohl angesichts der fortgeschrittenen Stunde der Wunsch nach baldiger Nahrungsaufnahme durchaus *nicht* den Tatbestand ungebührlicher Genusssucht erfüllen würde, ist mein Begehr ein anderes. Dein Kommentar über Santa hat mich nämlich auf eine Idee gebracht.«

»Und zwar?«

»Wie du ganz richtig festgestellt hast, ist der Job des Weihnachtsmanns nicht gerade abwechslungsreich. Zwar nehme ich an, dass er hin und wieder auch durch die Halle gehen kann, aber seine Hauptaufgabe scheint tatsächlich die Präsenz auf dieser Bühne zu sein. Und von seiner erhöhten Position aus hat er natürlich einen äußerst guten Überblick auf das ganze Geschehen. Außerdem kennt er sich mit den anderen Attraktionen auf der Messe sicherlich bestens aus.«

Bob nickte. »Verstehe. Du meinst, wir sollten ihn fragen, ob er weiß, wo sich Beastor gerade herumtreibt.«

»Präzise.« Justus deutete zur rechten Bühnenseite. »Dort drüben ist ein Treppenaufgang. Statten wir Santa Claus also einen kleinen Besuch ab.«

Tatsächlich war es für die beiden Detektive kein Problem, zu dem breit lächelnden Weihnachtsmann vorgelassen zu werden, der sich über die kleine Abwechslung sichtlich freute. Umso heftiger und unerwarteter war sein Stimmungsumschwung, als er erfuhr, welches Anliegen die beiden Besucher hatten.

»Ihr also auch!?«, fauchte er die Jungen an und ballte wütend die Fäuste. »Sind denn wirklich alle hier von diesen Weltraum-Idioten besessen? HEROES hier, HEROES da, von morgens bis abends – ich kann es nicht mehr hören! Ist das hier nun eine Weihnachtsmesse oder ein Monsterzirkus?«

»Äh …« Verunsichert war Justus einen Schritt zurückgewichen. »Um genau zu sein, handelt es sich ja um eine Spielwarenmesse, und naturgemäß werden da –«

Doch weiter kam der Erste Detektiv nicht, denn nun schnitt ihm der zornesrote Santa mit einer harschen Geste in Richtung Treppe das Wort ab. »Verlasst mein Reich! Anhänger dieser galaktischen Mistviecher haben an meinem Nordpol nichts verloren!«

Die Aufforderung war unmissverständlich. Enttäuscht und verwirrt stiegen Justus und Bob von der Bühne. Doch als sie gerade ihren Weg durch die Halle fortsetzen wollten, tippte jemand dem dritten Detektiv auf die Schulter. Verdutzt drehte er sich um und blickte in die strahlend blauen Augen einer Elfentänzerin. Sie hatte hüftlange blonde Haare, in die zahllose Glitzerperlen eingeflochten waren, und die spitzen Kunstohren sahen täuschend echt aus.

»Bevor ihr geht, möchte ich mich bei euch für das Verhalten vom Chef entschuldigen«, sagte sie mit gesenkter Stimme. »Mir tut das wirklich leid, aber die HEROES sind einfach ein rotes Tuch für ihn.«

»Ach, echt?«, fragte Bob ironisch. »Das war uns überhaupt nicht aufgefallen.«

Gespannt trat Justus näher heran. »Weißt du zufällig auch, warum dieses Thema ihn so wütend macht?«
»Das hängt vor allem mit der Gala morgen zusammen. In den letzten Jahren war traditionell immer der Weihnachtsmann mit einer großen Show der krönende Höhepunkt der Messe. Eine Riesennummer, auch von der Gage her.«
»Aber in diesem Jahr wurde sein Auftritt gestrichen und alles dreht sich nur noch um die Weltraumfiguren«, fügte der Erste Detektiv an.
Die junge Frau nickte. »Genau. Mein Chef sagt, dass das eine Riesenschweinerei ist und man die Seele der *GameFame* damit verkauft. Den Hype um die HEROES sieht er als Anfang vom Ende seiner traditionellen Santa-Show. Außerdem befürchtet er, dass sich ein solcher ›Dammbruch‹ auch auf andere Events auswirken wird.«
»Und deshalb wünscht er allen Beteiligten die Pest an den Hals«, folgerte Bob.
»Vor allem den Werbeleuten und Journalisten, die das Ganze so hochjubeln«, erwiderte die Tänzerin. »Einer davon steht ganz oben auf seiner Hassliste – der Typ, der morgen mit Riesenspektakel die Lobeshymne auf die HEROES halten wird. Ich glaube, dem würde er am liebsten eigenhändig den Hals umdrehen.«
Mit verengten Augen schaute Justus zu dem inzwischen wieder fröhlich in die Menge winkenden Weihnachtsmann hinauf. »Überaus interessant …«

Noch 16 Stunden

23. Dezember, acht Uhr abends.
Noch immer haderte Peter mit seinem Patzer, den er sich vorhin im Fahrstuhl geleistet hatte. Für einen kurzen Moment war er nämlich durch den geradezu hypnotischen Blick der grinsenden Frau wie gelähmt gewesen, und als sich eine Sekunde später die Aufzugtür geöffnet hatte, war sie augenblicklich im dichten Gedränge der *Fairground Hall* verschwunden. Die folgende hektische Suche, an der sich – wenngleich etwas verwirrt – auch Mr Nostigon beteiligt hatte, war ohne Ergebnis geblieben. Nachdem der Sicherheitschef anschließend vom Zweiten Detektiv über das gesamte seltsame Erlebnis informiert worden war, hatte er der Zentrale Meldung gemacht. Die Security sollte diskret nach einer hageren, ungewöhnlich blassen, weißhaarigen Frau Ausschau halten. Währenddessen hatte Peter per Handy auch seinen staunenden Freunden vom leibhaftigen Auftauchen der Elfenbeinfrau erzählt.
Angesichts der nur vagen Beschreibung waren die Aussichten, sie im Messetrubel zu finden, jedoch wohl nur minimal, da sich zu diesem Zeitpunkt sicherlich einige hundert ältere weißhaarige Menschen hier aufhielten. Auf dem anschließenden Weg zum Hotelbereich der *Grand Lodge* wurden Mr Nostigon und Peter dann auch prompt mehrfach durch Funkmeldungen über vermeintliche Sichtungen der bleichen Frau aufgehalten, die sich letztlich jedoch alle als Irrtümer herausstellten.

Mit deutlichem Zeitverlust erreichten sie endlich das Hotel und Mr Calbourns Zimmer 824. Wegen des gravierenden Anschlagsverdachts hielt es der Securitychef für zwingend notwendig, schnellstmöglich weitere Hinweise ausfindig zu machen. Nach der Öffnung mittels der Central Card nahmen sie deshalb sofort die Untersuchung des Raums in Angriff.

Am Ende der Aktion und nach einem weiteren Telefonat von Nostigon zog Peter ein ernüchterndes Fazit.

»Also, ich habe in meiner Zeit als Detektiv ja schon so manche Zimmer und auch ganze Häuser unter die Lupe genommen, aber das hier ist so ziemlich das Unspektakulärste, was ich je gesehen habe.«

Der ehemalige Kommissar seufzte zustimmend. »Bis auf die wenigen Kleidungsstücke und Badartikel in Calbourns Koffer gibt es hier keinerlei persönliche Gegenstände, die uns irgendwie weiterhelfen könnten. Kein Handy, kein Laptop, gar nichts.«

»Und bei sich getragen hatte er auch nichts, wie wir nach Ihrer Rückfrage in der Krankenstation wissen«, ergänzte Peter, ging in die Knie und warf erneut einen Blick in den blauen Reisekoffer. »Als Journalist lebte Mr Calbourn aber doch garantiert nicht hinterm Mond. Und hier – die Kanten des Notebook-Fachs in seinem Koffer sind total abgewetzt. Er muss also ein solches Gerät besessen haben.«

Mr Nostigon nickte stirnrunzelnd. »Demnach hat er vermutlich sowohl Handy als auch Notebook bei sich gehabt, als er – aus noch ungeklärtem Grund – stark verfrüht in das Büro ging. Und dort hat man ihm beides abgenommen.«

»So muss es gewesen sein. Aber …« Stutzend senkte der immer noch kniende Zweite Detektiv seinen Blick etwas tiefer und beugte sich zum kleinen Nachttisch vor. »Hoppla, was ist denn das?« Vorsichtig löste er einen kleinen Gegenstand ab, der mit Klebeband unter der Tischplatte befestigt worden war.

Gespannt trat Nostigon näher heran. »Und? Was ist es?«
»Eine Visitenkarte«, erwiderte Peter verblüfft. »Auf der Rückseite hat Calbourn mit Kugelschreiber etwas notiert: *Gilligan – VII*. Klingt nach einer Art Code.«
»Vielleicht ist das endlich der entscheidende Hinweis auf Calbourns Geheimnis!«, überlegte der Exkommissar aufgeregt.

Erst jetzt wurde dem Zweiten Detektiv bewusst, dass er bislang ausschließlich auf die Rückseite mit der seltsamen Notiz geblickt hatte. Rasch drehte er die Visitenkarte um – und riss fassungslos die Augen auf. »Das gibt's doch nicht …«
»Wieso? Was steht denn da?«, fragte Nostigon perplex.
Noch immer völlig entgeistert las Peter mit heiserer Stimme den eleganten Aufdruck vor. »›Bill Andrews. Los Angeles Post‹ … Bobs Vater!«

Nachdem Justus und Bob von der freundlichen Weihnachtstänzerin noch einige weitere Informationen einschließlich der Position des Messestands von *Fun Fellows* erhalten hatten, waren sie erneut ins Gewühl eingetaucht. Auf ihrem langen Weg zu Gang K hatten dann natürlich die erstaunlichen neuen Erkenntnisse im Mittelpunkt ihres Gesprächs gestanden.

»Fassen wir also zusammen«, resümierte der dritte Detektiv schließlich. »Bisher sind wir davon ausgegangen, dass das Tatmotiv für den Anschlag ein brisantes Geheimnis sein könnte, mit dem Mr Calbourn die große Abschlussgala hochgehen lassen will. Und als Täter haben wir dementsprechend eine Person aus dem Umfeld von *Fun Fellows* vermutet, die um jeden Preis einen reibungslosen Start der HEROES gewährleisten will. Stattdessen könnte es aber auch genau umgekehrt sein.«

»Dann nämlich, wenn statt eines HEROES-Beteiligten ein zutiefst frustrierter Hasser dieser Weltraumfiguren für das Attentat verantwortlich wäre«, ergänzte Justus. »Und zwar niemand anderes als der Weihnachtsmann höchstpersönlich. In diesem Fall gäbe es überhaupt kein Geheimnis, dessen Aufdeckung verhindert werden sollte …«

»… sondern einzig und allein einen rachsüchtigen Santa Claus, der zusammen mit einer nicht minder bösen Elfenbeinfrau die große Lobeshymne auf die galaktischen Helden verhindern will«, führte Bob den Gedankengang zu Ende. »Das wäre allerdings wirklich ein Hammer. Und im Grunde auch völlig sinnlos. *Fun Fellows* wird die Gala ja trotzdem durchziehen – notfalls stellt sich Firmenboss Taggart selber ans Rednerpult und erklärt, wie super sein neues Spielzeug ist.«

Justus nickte zustimmend. »Zweifellos richtig. Aber aus eigener Erfahrung wissen wir ja, dass das Verhalten von Verbrechern nicht zwingend rational sein muss. Von der Weihnachtselfe haben wir zumindest die Information erhalten, dass Santa Claus gegen halb zwei für eine Stunde seinen

Nordpol verlassen hat, um sich die Beine zu vertreten. Vom Zeitfaktor her hätte er die Tat somit durchaus begehen können.«

»Also kommt der Weihnachtsmann ebenfalls auf unsere Verdächtigenliste, gleich unter Chris Roth, Lawrence Taggart, Dwight Fillmore, Mason Wachinski und die bleiche Lady.« Seufzend strich sich Bob durch die Haare. »Wenn die Zentrale es nur endlich schaffen würde, die Kameraaufnahmen wiederherzustellen. Dann hätte die ganze Raterei über den Täter ein Ende.«

»Möglicherweise ist genau das der Grund, warum sie es nicht schafft …«, murmelte der Erste Detektiv. Doch bevor er diesen Gedanken weiterführen konnte, hob Bob die rechte Hand und wies nach vorne. In etwa zehn Metern Entfernung ragte eine eindrucksvolle Weltraumkulisse mit zahllosen blinkenden Kunststernen auf. Der wuchtige Schriftzug in der Mitte ließ keinen Zweifel daran, dass es sich hier um den Stand der HEROES OF THE UNIVERSE handelte. An einem silbern glänzenden Tresen, der aussah wie das Kommandopult eines Raumschiffs, stand eine exotisch kostümierte Kriegerin und gab Autogramme.

»Das ist Alexis Van Lorren alias Reela, die holde Prinzessin von Neteria«, stellte Bob fest und legte skeptisch den Kopf schief. »Und nach der unnatürlich starren Mimik zu urteilen, sind auf ihrem Planeten diverse plastische Chirurgen aktiv.«

»Auch Helden können eitel sein«, erwiderte Justus schmunzelnd. »Viel interessanter finde ich allerdings, was sich da drüben im hinteren Teil des Stands abspielt. Wenn mich

nicht alles täuscht, führen der finstere Skulldor und der glorreiche Free-Man gerade ein hitziges Wortgefecht. Und das scheint durchaus nicht zum offiziellen Programm zu gehören.« Er deutete auf einen schmalen Seitengang. »Wenn wir uns unauffällig hinter der Vulkanattrappe dort drüben postieren, können wir vielleicht belauschen, worum es geht.«
Tatsächlich gelang es den beiden Detektiven, hinter dem mächtigen Pappfelsen Stellung zu beziehen. Ihre Securityausweiskarten steckten sie sicherheitshalber ein.
Soeben hob der zornesrote Free-Man beide Hände und gestikulierte wild in der Luft herum. »Was heißt hier ›keine andere Wahl‹? Das ist doch völliger Irrsinn!«
»Dir steht so ein Urteil überhaupt nicht zu!«, fauchte der Mann mit der unheimlichen Skelettmaske. »Du und Alexis seid ja nicht betroffen!«
»Aber ich schon, und so gut wie alle anderen!«, meldete sich nun eine andere, deutlich höhere Stimme zu Wort.
Überrascht lugten Bob und Justus durch eine Kraterspalte und erblickten eine dritte Person, die aufgrund ihrer geringen Größe bislang von der Planetendekoration verdeckt gewesen war. Der kleinwüchsige Mann, den die Jungen sofort als den tollpatschigen Zauberer Quorko erkannten, trug einen roten, bis zum Boden reichenden Mantel und einen breitkrempigen Hut, der sein schwarz maskiertes Gesicht zusätzlich in tiefen Schatten hüllte. Jetzt schüttelte er sein rechtes Fäustchen in Richtung Skulldor.
»Trotzdem käme doch keiner von uns auf die Idee, über Leichen zu gehen und eine solche Aktion durchzuziehen! Hast du denn überhaupt kein Gewissen? So etwas kann –«

In diesem Moment hielt der Kobold inne und verfiel in einen schrägen Sprechsingsang. »Oh Quorko aus der Zauberwelt – wer hat hier Besuch bestellt?!«
Bei den letzten Worten wirbelte er herum und deutete mit ausgestrecktem Zeigefinger auf die erstarrten Detektive. Augenblicklich stürmte der blonde Hüne heran, griff hinter die Kraterkulisse und packte die Jungen am Arm.
»Was habt ihr hier zu lauschen?!«

Noch 15 Stunden

23. Dezember, neun Uhr abends.
Nach dem ersten Moment der Entgeisterung besann sich Peter auf eine grundlegende Detektivregel, die Justus immer wieder predigte: ›Jedes auch noch so irritierende Element eines Falls muss mit nüchterner Sachlichkeit betrachtet werden.‹ Das hatte tatsächlich geholfen, denn auf den zweiten Blick war es zumindest nicht mehr überraschend gewesen, dass Mr Calbourn eine Visitenkarte von Bobs Vater besaß. Schließlich war der Journalist mehrfach für die Los Angeles Post tätig gewesen und kannte Mr Andrews. Der Zweite Detektiv war sich deshalb mit Mr Nostigon darin einig gewesen, dass einzig ein Anruf Klarheit über einen möglichen Zusammenhang zwischen Bill Andrews und dem seltsamen Code schaffen konnte. Da Bobs Vater zu dieser Uhrzeit vermutlich nicht mehr in der Redaktion war, hatte Peter mit seinem Handy die Privatnummer der Familie Andrews gewählt. Das anschließende Gespräch war ausführlich und intensiv gewesen.

Gespannt blickte Nostigon den Jungen an. »Wenn ich es richtig verstanden habe, konnte dir Mr Andrews tatsächlich weiterhelfen, stimmt's?«

»Ja, allerdings hat er von den Ereignissen hier eindeutig keine Ahnung. Deshalb war es nicht ganz leicht, ihm den Vorfall mit Mr Calbourn halbwegs verständlich zu erklären, ohne dass er sich allzu viele Sorgen macht.« Peter hatte ein schlechtes Gewissen, weil er Bobs Vater den Verdacht ver-

schwiegen hatte, dass möglicherweise ein Anschlag auf den Journalisten verübt worden war. Doch es wäre ja niemandem damit geholfen gewesen, im fernen Rocky Beach für Aufregung zu sorgen, obwohl die Situation noch völlig unklar war.
»Und was hat es nun mit diesem Code auf sich?«, fragte der Sicherheitschef.
Peter blickte auf den Zettel mit Notizen, die er sich gemacht hatte. »Das Ganze geht auf einen Presseball der Los Angeles Post vor drei Jahren zurück, bei dem jede Menge Prominenz und dementsprechend viele Kameras vor Ort waren. Damals arbeitete Mr Calbourn für die Redaktion von Bobs Vater. Er war wohl an irgendeiner heißen Sache dran, bei der es jederzeit zur entscheidenden Wendung kommen konnte.«
Nostigon nickte. »Ich ahne, was dann ablief. Da während der Party möglicherweise eine wichtige neue Entwicklung eintreten würde, vereinbarte Calbourn mit Mr Andrews ein Codewort. Damit wäre es möglich, sich bei Bedarf unauffällig aus irgendwelchen Small-Talk-Runden zu verabschieden.«
»Ganz genau«, bestätigte der Zweite Detektiv. »Zufällig hatte sich früher mal herausgestellt, dass sie beide als Kinder von der Serie ›Gilligans Insel‹ begeistert waren. Sobald also das Stichwort ›Gilligan‹ fiel, wusste Bobs Vater, dass Mr Calbourn sich in einem abgelegenen Büro im Nebengebäude mit ihm treffen wollte. Abseits neugieriger Augen und Ohren.«
»Eben wie auf einer sicheren Insel, um ihm dort wichtige Informationen für die anstehende Schlagzeile mitzuteilen«, ergänzte der Sicherheitschef mit vor Anspannung geweiteten Augen. »Wenn Calbourn nun also, Jahre später, auf einer

Visitenkarte von Mr Andrews erneut dieses Codewort hinterlässt, dann …«

»… dann tat er das, weil er wusste, dass nur Bobs Vater diesen Hinweis verstehen würde!«, führte Peter den Satz zu Ende. »Es gab sonst vermutlich niemanden, dem er wirklich vertraute, nicht mal dem Sicherheitsdienst. Falls es hier also wirklich um ein dunkles Geheimnis geht, ahnte Mr Calbourn offenbar, dass man ihm auf die Spur gekommen war. Deshalb wollte er Vorsorge treffen für den Fall, dass ihm etwas zustieße. Vielleicht ein Versteck, das einzig und allein Mr Andrews finden sollte!«

Mit starrer Miene blickte der ehemalige Kommissar aus dem Hotelfenster. »Wenn das tatsächlich so sein sollte, dann fällt mir hier auf dem Gelände zurzeit nur ein Ort ein, der mit einer einsamen Insel vergleichbar wäre.«

»Und welcher?«, entfuhr es dem Zweiten Detektiv.

»Nur ein einziger Gebäudekomplex ist von der Messe vollkommen abgekoppelt: das *Convention Center*. Der gesamte Bereich ist in dieser Woche stillgelegt – keine Veranstaltungen, keine Kontrollen, keine Kameraüberwachung.«

»Tatsächlich eine perfekte ›Insel‹, weit weg vom ganzen Trubel«, stellte Peter fest.

Seufzend strich sich Mr Nostigon über die Schläfe. »Bleibt nur noch die Frage, wo auf dieser gewaltigen Insel Calbourn seinen Informationsschatz hinterlassen hat …«

Plötzlich hatte der Zweite Detektiv einen Geistesblitz. »Vielleicht hat er uns diese Frage schon beantwortet!« Hastig nahm er die Visitenkarte hoch und deutete triumphierend auf den zweiten Teil des Codes. »Schließlich ist hinter ›Gilligan‹ die römische Ziffer VII notiert, und im *Convention Center* sind die Räume doch sicher nummeriert. Also sollten wir so schnell wie möglich Zimmer 7 einen Besuch abstatten!«

Es waren einige rhetorische Anstrengungen nötig gewesen, ehe Justus und Bob die aufgebrachten HEROES-Darsteller endlich davon überzeugt hatten, dass sie nicht zum Lauschen gekommen waren, sondern lediglich um dem Beastor-Darsteller ein paar Fragen zur Verlosung zu stellen. Laut der mürrischen Auskunft von Free-Man hatte sich Chris Roth jedoch bereits in sein Hotelzimmer zurückgezogen und würde mit Sicherheit keinen Besuch mehr empfangen. Außerdem sei es ohnehin nicht gestattet, Einzelheiten zu der Veranstaltung am kommenden Tag mitzuteilen. So hatten sich die beiden Jungen nach einigen letzten entschuldigenden Worten verabschiedet und waren zurück in den allmählich lichter werdenden Messetrubel eingetaucht.
»Mannomann – das war ein echter Volltreffer!«, sprudelte es aus dem dritten Detektiv heraus, als sie sich weit genug entfernt hatten. »Free-Mans Anschuldigungen waren ja mehr als eindeutig: Der wahre Attentäter ist Skulldor! Also waren die Haare von Beastor auf Calbourns Jacke reiner Zufall, vermutlich von einer harmlosen Begegnung wie bei mir.«
»So sieht es tatsächlich aus«, gab Justus zu, während er einer aufrecht gehenden Version von Rudolph, dem rotnasigen Rentier, auswich. »Zumindest waren die Aussagen, deren wir teilhaftig werden konnten, in höchstem Maße verdächtig. Wenn wir die neuen Erkenntnisse mit unseren bisherigen

Theorien in Einklang bringen, ergibt sich folgendes Bild: Mr Calbourn ist einem dunklen Geheimnis über die HEROES auf die Spur gekommen, das von außerordentlicher Brisanz ist, jedoch aus noch unbekannten Gründen weder Free-Man noch Reela betrifft.«

»Vielleicht weil die beiden sich aus der Sache, um die es geht, herausgehalten haben«, vermutete Bob. »So gut wie alle anderen Darsteller stecken laut Quorko aber mit drin, einschließlich er selber. Würde das herauskommen, gäbe es einen Riesenskandal.«

»Und somit ein unkalkulierbares Risiko für den millionenschweren Start der HEROES-Figuren«, fügte der Erste Detektiv hinzu. »Nur einer jedoch war offenkundig bereit, zur Abwendung von Calbourns nahender Enthüllung über ›Leichen‹ zu gehen.«

Bob nickte grimmig. »Skulldor, der dunkle Lord von Neteria. Und unterstützt wurde er offenbar von dieser bleichen Gespensterfrau. Na, das passt ja …« Zögernd blickte er seinen Freund an. »Und nun? Sollten wir nicht Mr Nostigon informieren? Der Täter ist doch so gut wie überführt!«

»Über die neuen Entwicklungen werden wir ihn und Peter natürlich in Kenntnis setzen«, erwiderte Justus und zückte sein Handy. »Allerdings sollten wir uns nicht dem Irrglauben hingeben, dieser Fall sei schon gelöst. Die gehörten Äußerungen sind ja alles andere als hieb- und stichfeste Beweise. Zumal noch nicht geklärt ist, ob Skulldor wirklich der alleinige Täter oder nur ausführendes Instrument war.«

»Du meinst, er handelte im Auftrag?«, fragte Bob irritiert.

»Angesichts der wirtschaftlichen Größenordnungen, um die

es hier geht, dürfen wir keines der beteiligten Segmente unbeleuchtet lassen. Nicht umsonst stehen auch Namen aus der ›oberen Etage‹ auf unserer Verdächtigenliste: Lawrence Taggart und Mason Wachinski.«

»Der Firmenboss von *Fun Fellows* und der Erfinder der HEROES«, ergänzte der dritte Detektiv, während er krampfhaft versuchte, eine bestürzend schlechte, dafür jedoch umso lautere Hip-Hop-Version von ›O Come All Ye Faithful‹ zu ignorieren. »Und du meinst, einer der beiden könnte Skulldor zu der Tat angestiftet haben?«

»Zumindest steht für beide ausreichend viel auf dem Spiel, um einen solchen Ausgangsverdacht zu rechtfertigen. Und erfahrungsgemäß pflegen sich solche Herrschaften nicht selber die Hände schmutzig zu machen …«

»… sondern lassen das von Untergebenen erledigen«, führte Bob den Satz zu Ende. »Okay, verstehe. Und wie sollen wir jetzt weiter vorgehen?«

Wiederum zückte der Erste Detektiv den Messeprospekt. »Ab zehn Uhr findet in der Starlight Bar eine von *Fun Fellows* ausgerichtete Weihnachtsparty statt. Ich könnte mir gut vorstellen, dass auch Taggart, Wachinski und der Figurenentwickler Fillmore daran teilnehmen werden.«

Während Justus nun zum Handy griff, um Peter über den schwerwiegenden Verdacht gegen Skulldor zu informieren, zog Bob mit entschlossenem Lächeln seine Identifikationskarte aus der Hosentasche.

»Und mit etwas Glück werden zwei gewisse Mitarbeiter der Security auf dieser Party die eine oder andere heiße Info aufschnappen …«

Noch 14 Stunden

23. Dezember, zehn Uhr abends.
Nach Justus' spektakulärer Nachricht über Skulldor waren Mr Nostigon und Peter nun umso begieriger gewesen, endlich Calbourns Geheimnis zu erfahren. Für den Weg zum *Convention Center*, einschließlich der Durchquerung eines kleinen, tief verschneiten Parks, hatten sie allerdings viel mehr Zeit benötigt als geplant. Wegen der entgegenkommenden Menschenströme aus der allmählich schließenden Messehalle war an ein rasches Vorankommen nicht zu denken gewesen. In dem stillgelegten Gebäudekomplex angelangt, hatte der Exkommissar mit routiniertem Blick schon bald eine klare Feststellung getroffen: Mit etwas Geschick wäre es Mr Calbourn tatsächlich möglich gewesen, bis hierher vorzudringen. Da die Beleuchtung in diesem Bereich weitestgehend abgeschaltet war, hatte Nostigon auf seine kleine Taschenlampe zurückgreifen müssen, die er am Gürtel mit sich führte. Der bald darauf entdeckte Raum 7 war jedoch eine herbe Enttäuschung gewesen. In der Gerätekammer hatte sich auch nach intensivster Untersuchung der dort aufbewahrten Hausmeisterutensilien nicht der kleinste Hinweis auf irgendwelche versteckten Informationen finden lassen.
»Das gibt's doch nicht«, knurrte Peter genervt, während er den soeben überprüften Schlauch eines Großraum-Staubsaugers wieder an das Gerät anschloss. »Die Nummer war doch völlig eindeutig! Warum finden wir dann nichts?«
Plötzlich stockte Mr Nostigon. »Vielleicht weil wir am fal-

schen Ort suchen …« Hastig drehte er sich zum Zweiten Detektiv um. »Gib mir bitte mal die Visitenkarte!«
Nach kurzem Blick auf die Karte huschte ein Hoffnungsschimmer über das Gesicht des Exkommissars. »Möglicherweise stochere ich ja nur wild im Nebel herum und vielleicht war die ganze Idee mit dem *Convention Center* Quatsch, aber wenn man jede der drei römischen Ziffern für sich liest, ergibt das Fünf, Eins und Eins. Also könnte das auch –«
»… Raum 511 bedeuten!«, rief Peter euphorisch. »Nichts wie rauf in den fünften Stock!«
Da die Fahrstühle außer Betrieb waren, blieb ihnen erneut nur das Treppenhaus. Für den überaus sportlichen Zweiten Detektiv war diese körperliche Herausforderung nicht mehr als eine leichte Trainingseinheit, während der Sicherheitschef ab dem dritten Stock doch spürbar ins Schnaufen geriet. Mit belustigtem Lächeln musste Peter an Justus denken. Dessen siebter Sinn hatte ihn offenbar dazu bewogen, lieber mit Bob auf Tour zu gehen, da Mr Nostigon an diesem Tag steile Treppen geradezu magisch anzuziehen schien.
Oben in der fünften Etage dauerte es eine Weile, bis sie Raum 511 in einem kleinen Seitenflur entdeckten. Wie es schien, stand das gesamte Stockwerk kurz vor einer grundlegenden Renovierung, denn die meist offen stehenden Büros waren weitgehend leer geräumt und die Böden mit großen Planen abgedeckt. Peters detektivischer Instinkt frohlockte. Hier oben wäre es für Mr Calbourn ein Leichtes gewesen, unter all dem Plastik ein passendes Versteck zu finden. Tatsächlich war auch Zimmer 511 ein Planenmeer, unter dem sich die Konturen mehrerer Schrankkolonnen abzeichneten.

Sofort begannen Mr Nostigon und der Zweite Detektiv mit der systematischen Durchsuchung der Schubladen. Nach einer schier endlos scheinenden Prozedur des Auf- und wieder Zuziehens wurde Peter schließlich fündig. In der untersten Schublade des letzten Schranks der dritten Reihe lag ein schmaler, weißer Briefumschlag.
»Das ist es!«, rief er aufgeregt, doch gerade als der Sicherheitschef hinzugeeilt war, klingelte dessen Mobiltelefon. Im Display erkannte er, dass es die Zentrale war. Kurzerhand betätigte er die Freisprechfunktion, damit Peter mithören konnte.
»Ja, hier Nostigon.«
Am anderen Ende meldete sich eine nasale Männerstimme. »Sir, es ist uns gelungen, einen Teil der fraglichen Kameraaufnahmen zu rekonstruieren.«
»Großartig!«, erwiderte der Exkommissar lächelnd. »Und was ist dabei herausgekommen?«
»Nun ja, sagen wir so ... Ich kann Ihre Anfrage von vorhin beim besten Willen nicht nachvollziehen.«
Nostigon verengte irritiert die Augen. »Wie meinen Sie das?«
In der Stimme des Mannes schwang nun eine unterschwellige Schärfe mit. »Sie hatten sich doch danach erkundigt, ob irgendjemand außer Mr Calbourn das Büro 609 zwischen zwölf Uhr und zwei Uhr fünfundfünfzig betreten hat.«
»Ja, genau«, entgegnete der Sicherheitschef. »Nach der betreffenden Person müsste umgehend eine diskrete Fahndung in die Wege geleitet werden.«
Der nun folgende Satz traf Nostigon und Peter wie ein Hammerschlag.

»Sir, der Einzige, der kurz nach Mr Calbourns Eintreffen um zwei Uhr fünf in dieses Büro gegangen ist und es gleich danach sehr eilig wieder verlassen hat … waren *Sie*.«

Dank ihrer Securityausweise hatten Justus und Bob problemlos und ohne Alterskontrolle Zugang zur *Fun-Fellows*-Party erhalten. Die Starlight Bar war zu diesem Zeitpunkt bereits gut gefüllt und strotzte vor glitzerndem Weihnachtsschmuck. Als der schlaksige DJ mit dem ausladenden Plastikrentiergeweih auf dem Kopf jetzt den Evergreen ›Let It Snow!‹ auflegte, begann unter dem überraschten Gelächter der Gäste weißes Konfetti von der Decke zu rieseln. Ein wenig abseits waren auf einem langen Buffettisch kunstvoll diverse Köstlichkeiten arrangiert, an denen sich die beiden hungrigen Detektive dankbar gütlich taten.

Anschließend begannen sie mit der geplanten Lauschaktion, was sich angesichts der Namensschilder, die die Gäste trugen, als erfreulich leicht herausstellte. Während Justus sich in der Nähe des *Fun-Fellows*-Chefs Taggart platzierte, übernahm Bob den ebenfalls anwesenden Mason Wachinski. Das Ergebnis, das sie nach Ablauf einer Dreiviertelstunde miteinander austauschten, fiel jedoch sehr ernüchternd aus.

»Da sagt man doch immer, dass Alkohol die Zunge löst«, murrte der Erste Detektiv mit Blick auf ein stattliches Eierpunschglas, das der kahlköpfige Firmenchef soeben auf das Wohl seiner Gäste erhob. »Aber alles, was der große Boss von sich gibt, ist belangloses Small-Talk-Blabla. Und was unseren Spielzeugtüftler Mr Fillmore betrifft …«, er deutete auf einen hageren Mann mit wirrem Haarschopf, der ver-

legen lächelnd direkt neben Taggart stand und seine verkrampften Hände um einen Notizblock klammerte, »… da scheint sich Mr Nostigons Instinkt als absolut treffsicher zu erweisen. Der Typ ist wegen der morgigen Gala so aufgeregt wie ein kleiner Schuljunge vor einer Mathearbeit. Er soll nun anstelle von Mr Calbourn die Ansprache halten und hat sich vom Boss ein paar Sätze dafür diktieren lassen. Diese Situation hat den armen Tropf völlig unvorbereitet getroffen, so viel ist sicher.«
»Also sind wir in puncto Drahtzieher noch keinen Schritt weitergekommen«, stellte Bob fest. »Bei Wachinski ist es nämlich keinen Deut besser …« Genervt schaute er zu einem untersetzten Mittsechziger mit schulterlangen, tiefschwarz gefärbten Haaren und ungepflegtem Dreitagebart hinüber, der sich zusammen mit drei dauerkichernden jungen Frauen auf eine Ledercouch gelümmelt hatte. »Dieser Typ hat offensichtlich nichts außer Groupies im Kopf.«
Justus grinste sarkastisch. »Der Kerl könnte glatt ihr Großvater sein. Ob diese Damen wohl ebenso begeistert von ihm wären, wenn er kein Fernsehpromi, sondern Fliesenleger –« Weiter kam er nicht, denn während aus den Lautsprechern soeben ›Santa Baby‹ erklang, schlang plötzlich eine brünette junge Frau ihre Arme um den entgeisterten Ersten Detektiv und gab ihm einen leidenschaftlichen Kuss.

Noch 13 Stunden

23. Dezember, elf Uhr abends.
Für einen kurzen Moment waren Mr Nostigon und Peter schlicht sprachlos. Dann hatte sich der Securitychef wieder gefangen.
»Bei Ihrem Bildmaterial muss irgendein Fehler vorliegen. Ich bin erst um kurz vor drei Uhr bei dem Büro eingetroffen und keine Sekunde früher. Rufen Sie Mr Barnes an – er kann das bestätigen.«
»Mr Barnes vom Reinigungsteam?«, erwiderte der Mann aus der Zentrale überrascht und bediente hörbar eine Computertastatur. »Da scheint ein Missverständnis vorzuliegen. Frederic Barnes hat sich bereits vor zwei Tagen freigeben lassen und befindet sich im Weihnachtsurlaub.«
»Das … kann doch nicht wahr sein«, hauchte Peter entgeistert.
Stockend schüttelte Mr Nostigon den Kopf. Er konnte einfach nicht fassen, was er da hörte. »Im … Urlaub?! Aber Barnes war noch heute Nachmittag bei der Arbeit! *Er* war es doch, der sich wegen Raum 609 an die Zentrale gewandt und später den Notruf abgegeben hat!«
»Das ist unzutreffend«, widersprach der Mann kühl. »Laut System waren Sie es, der als Erster zu dem Vorfall in diesem Büro Meldung gemacht hat.« Wiederum war das Klappern der Tastatur zu hören. »Auch die Daten des Flur-Checkpoints in Sektion D bestätigen diesen zeitlichen Ablauf: Um zwei Uhr drei passierten Sie die Kontrolle zum ersten Mal,

blieben jedoch nur für wenige Minuten. Eine knappe Stunde später kehrten Sie dann zurück und meldeten anschließend den Zusammenbruch von Mr Calbourn.«

»Das ist nicht wahr – befragen Sie die Mitarbeiter am Checkpoint doch persönlich!«, entfuhr es dem sonst so besonnenen Exkommissar. »Das System spielt offenbar verrückt! Wo ist Catelyn überhaupt? Ich will sofort mit meiner Stellvertreterin sprechen!«

»Mrs McBride ist momentan im Einsatz und unser System funktioniert einwandfrei, Sir«, kam die emotionslose Antwort. »Ich werde Ihnen gerne die betreffenden Aufnahmen an Ihr Handy senden. Zur Klärung einiger Fragen möchte ich Sie im Namen der Messeleitung allerdings dringend auffordern, in die Zentrale zurückzukommen.«

Nostigons Augenlider begannen zu flattern. »Ich … verstehe nicht.«

»Nun, uns würde vor allem interessieren, weshalb Sie beim ersten Verlassen von Mr Calbourns Büro eine *Spritze* mit sich führten.«

Nun war es Peter, der nicht mehr an sich halten konnte. »Was?!?«

Die Stimme war jetzt schneidend wie eine Rasierklinge. »Mr Nostigon, angesichts der befremdlichen Umstände dieses Vorfalls und des immer noch höchst kritischen Gesundheitszustands von Mr Calbourn sehen wir uns gezwungen, Sie als tatverdächtig einzustufen.«

Wie in Trance ließ der Sicherheitschef sein Mobiltelefon sinken. Mit glasigem Blick schaute er Peter an, der immer noch den Briefumschlag umklammert hielt. Ohne wirklich darü-

ber nachzudenken, öffnete ihn der Zweite Detektiv und zog einen schwarzen Datenstick heraus, an dem ein Post-it-Aufkleber befestigt war. Peters Pulsschlag schien für einen kurzen Moment auszusetzen, als er das darauf notierte Wort las: *LAUF!*
Als auch Nostigon diese unmissverständliche Aufforderung wahrgenommen hatte, wirbelte er instinktiv zum Fenster herum und erstarrte. Rasch trat der Zweite Detektiv hinzu. Im matten Lichtschein der Parklaternen waren vier hochgewachsene, bullige Männer in dunklen Anzügen zu erkennen, die mit hohem Tempo auf das *Convention Center* zuliefen. Der Führende hob soeben ruckartig den Kopf und starrte nach oben.
Durch den Körper des Sicherheitschefs schien ein regelrechter Stromstoß zu zucken. »Los – wir müssen hier weg!«

Justus machte ein Gesicht, als hätte man ihn gerade dazu aufgefordert, seinen Verstand an der Garderobe abzugeben. Steif wie ein Bügelbrett stand er da und versuchte, einen halbwegs funktionstüchtigen Satz der Empörung zustande zu bringen, doch heraus kam lediglich: »W…warum?«
Die ausgesprochen attraktive Mittzwanzigerin wies zwinkernd nach oben. »Richtiger Ort zur richtigen Zeit, Süßer.«
Völlig verdattert richtete der Erste Detektiv den Blick zur Decke – von der ein prächtiger Mistelzweig herabhing. Auch Bob, dem die ganze Aktion ebenso unwirklich erschienen war wie Justus, ging nun ein Licht auf. Schließlich war es ein verbreiteter Weihnachtsbrauch, sich zu küssen, wenn man unter einem Mistelzweig aufeinandertraf.

Mit einem breiten Lächeln legte die junge Frau den Kopf schief. »Jetzt, wo wir schon miteinander geknutscht haben, sollten wir uns einander auch vorstellen, stimmt's? Ich bin Jessalyn Wyngard, Abteilung Werbung.«

Allmählich kehrte die Konzentrationsfähigkeit des Ersten Detektivs zurück. »Ähm … Justus Jonas, Abteilung Security. Und das ist mein Kollege Bob Andrews.« Er deutete auf seinen inzwischen breit grinsenden Freund und fügte leise zischend an: »Der es dummerweise versäumt hat, mich auf das vermaledeite Grünzeug über meiner Rübe hinzuweisen.«

»Oho!« Überrascht hob die Brünette ihre Augenbrauen. »So jung und schon bei der Sicherheitstruppe?«

»Wir sind älter, als wir aussehen«, erwiderte Bob fröhlich, wechselte jedoch rasch das Thema, um ihre Tarnung nicht zu gefährden. »Werbung hört sich ja spannend an. Haben Sie auch mit der großen Überraschung morgen zu tun?«

»Na, das will ich doch meinen.« Mit einem schelmischen Funkeln in den Augen griff Jessalyn in ihre elegante Handtasche, holte zwei Metallanstecker mit HEROES-Logo hervor und gab sie den Jungen. »Offiziell werden die erst auf der Gala ausgegeben, aber bei euch mache ich mal eine Ausnahme.«

Justus und Bob unterhielten sich noch ein wenig mit der sympathischen Werbemanagerin, bis diese sich entschuldigte, um einen eintreffenden ›wichtigen Marketingpartner‹ zu begrüßen. Anschließend bezogen die beiden Detektive wieder ihre Lauschpositionen.

Eine weitere ereignislose Dreiviertelstunde später erklang plötzlich ein lautes Poltern und ein sichtlich betrunkener

Santa Claus stürmte an der verdutzten Eingangskontrolle vorbei. In der Mitte der Bar kletterte er auf einen Tisch und rief aus vollem Hals: »Nieder mit den Weltraummonstern! Hoch lebe das wahre Weihnachten!!«

Noch 12 Stunden

24. Dezember, zwölf Uhr nachts.
Auf der Flucht vor den unbekannten Jägern war so ziemlich alles schiefgegangen, was schiefgehen konnte. Zunächst hatten sich Peter und Mr Nostigon so schnell und gleichzeitig unauffällig wie möglich in den dritten Stock geschlichen, um dort, versteckt in einem nahe dem Treppenhaus gelegenen Raum, lautlos abzuwarten, bis die Männer in die höheren Etagen gestürmt wären. Doch gerade als die vier Anzugtypen das dritte Stockwerk passiert hatten, war auf dem Mobiltelefon des Securitychefs eine neue Meldung aus der Zentrale eingegangen – verbunden mit einem schrillen Piepton. Sofort hatten sich die Verfolger auf ihre Fährte gesetzt und ein wilder Wettlauf durch die unzähligen Büroflure des *Convention Center* hatte seinen Anfang genommen. Da der Zweite Detektiv im Unterschied zu Mr Nostigon keine Taschenlampe dabeihatte, war er vollkommen auf die Lichtquelle des Exkommissars angewiesen gewesen.
Als sie es gerade geschafft hatten, einen etwas größeren Abstand zu ihren Verfolgern zu gewinnen, war Peter plötzlich kurz vor einer Abzweigung über einen Haufen Abdeckplanen gestolpert. Die wenigen Sekunden seines taumelnden Herumwirbelns hatten ausgereicht, Nostigons Taschenlampe aus den Augen zu verlieren.
Mit angehaltenem Atem und wild pochendem Herzen hielt Peter horchend inne. Doch die sich rasch entfernenden Schritte verklangen zu schnell, als dass er noch ihre Richtung

feststellen konnte. Um den Zweiten Detektiv war es nun stockfinster, denn im Gegensatz zu den leidlich vom Mondschein erhellten Außenfluren mit Fensterfront drang in diese Innengänge nicht der geringste Lichtschein.
Beklommen lauschte er in die undurchdringliche Finsternis, doch da war nur Totenstille.
So erschreckend diese Erkenntnis auch war, es bestand kein Zweifel mehr: Peter war vom Sicherheitschef getrennt worden, ohne dass dieser es bemerkt hatte. Und nun befand sich der Zweite Detektiv um Mitternacht allein irgendwo im tintenschwarzen Flurlabyrinth eines leer stehenden Bürogebäudes, gejagt von mehreren unbekannten Verfolgern! Das Wichtigste war, jetzt nicht in Panik zu geraten, sondern einen kühlen Kopf zu bewahren. Zweimal atmete Peter tief ein und aus, da flammten plötzlich sämtliche Deckenlampen auf. Geblendet von der grellen Woge aus Licht, musste er für einen kurzen Moment die Augen schließen.
Als er sie blinzelnd wieder öffnete, entfuhr ein schockierter Ächzlaut seiner Kehle. Stolpernd wich er vor dem unfassbaren Anblick zurück. In der ersten Schrecksekunde hoffte er noch, dass seine überreizten Sinne ihm nach dem abrupten Wechsel von völliger Finsternis zu gleißender Helligkeit einen üblen Streich spielten, doch das taten sie nicht. Am anderen Ende des Flurs, etwa zwanzig Meter von ihm entfernt, stand kerzengerade und eiskalt grinsend die Elfenbeinfrau! In einer bizarren, an die Freiheitsstatue erinnernden Haltung reckte sie am ausgestreckten rechten Arm einen unförmigen Gegenstand hoch über den Kopf und starrte Peter an.
Auf einmal begann das Licht im Gang zu flackern. In regel-

mäßigen Abständen erlosch es, um sofort wieder aufzuleuchten. Entsetzt registrierte der Zweite Detektiv, wie die bleiche Frau sich nun verstörend schnell und mit seltsam tänzelnden Schritten auf ihn zubewegte. Durch die ständigen Lichtblitze wirkte es jedoch nicht wie eine fließende Bewegung, sondern unnatürlich abgehackt, als ob die Elfenbeinfrau in den Dunkelphasen auf ihn zuschoss und in der Helligkeit reglos verharrte wie eine Salzsäule. Eine gellende Stimme in Peters Inneren brüllte ihm zu, dass er sich augenblicklich umdrehen und fliehen solle, doch seine Füße schienen am Linoleumboden festgewachsen zu sein. Wie hypnotisiert starrte er die dürre Gestalt an und erkannte nun entgeistert, dass es sich bei dem seltsamen Gegenstand um ein schleifengeschmücktes Weihnachtsglöckchen handelte.

Plötzlich, wie eine höhnische Anspielung auf die schneeweiße Gesichtsfarbe der Alten, glaubte Peter in der Ferne Bing Crosbys Weihnachtshit ›I'm Dreaming of a White Christmas‹ zu hören. In einer widerlichen Geste des Spotts verzog die Frau ihre dünnen Lippen nun zu einem lockenden Kussmund und ließ rhythmische Schmatztöne erklingen. Viel stärker entsetzte den Zweiten Detektiv jedoch die bislang hinter ihrem Rücken verborgene linke Hand, die sie jetzt beschwingt in Hüfthöhe hin- und herpendeln ließ. Zwischen ihren knochigen Fingern blitzte eine lange Injektionsnadel auf! Das schien endlich einen Schalter in Peters Kopf umzulegen. Panisch wirbelte er herum und rannte im zuckenden Lichtgewitter den Gang hinunter. Hinter seinem Rücken erklang ein grässliches, schrilles Kichern.

Sofort waren Justus und Bob zu dem immer noch wüst schimpfenden Santa Claus geeilt. Mit ruhigen, aber eindringlichen Worten hatten sie ihm zu erklären versucht, dass es unmöglich im Sinne des Fests der Liebe sein könne, eine friedliche Weihnachtsparty zu ruinieren. Und tatsächlich hatte der Weißbärtige nach einer Weile schließlich eingelenkt und war schwankend wieder vom Tisch heruntergestiegen. Nachdem ihn die Jungen nach draußen begleitet hatten, überzeugten sie ihn noch mit viel gutem Zureden davon, dass es das Beste wäre, sich erst mal ordentlich auszuschlafen.
Erleichtert kehrten sie anschließend in die Starlight Bar zurück. Anerkennendes Händeklatschen der Gäste sowie eine erstaunlich originalferne Version des Songs ›Feliz Navidad‹ empfingen sie – und eine lächelnde Werbemanagerin.
»Das habt ihr wirklich fabelhaft gemacht, Jungs! Eine beeindruckende Demonstration von Reaktionsschnelligkeit und diplomatischem Geschick – alle Achtung! Euer Boss, der Provinzsheriff, kann wirklich stolz auf euch sein.«
»Herzlichen Dank«, erwiderte der Erste Detektiv erschöpft. »Das war in der Tat ein hartes Stück Arbeit.«
Trotzdem dachte Justus nicht an Pause, im Gegenteil. Er trat einen Schritt beiseite und holte sein Handy hervor. Ihn irritierte, dass Peter sich so lange nicht gemeldet hatte. Deshalb wollte er ihm eine SMS schicken und fragen, wie weit die Nachforschungen vorangeschritten waren.
Neben ihm blickte Bob mit einem schiefen Grinsen zur Tür. »Tja, jetzt bleibt nur noch die Frage, ob es ein schlechtes Omen ist, wenn man Santa Claus bei einer Weihnachtsfeier rausschmeißt …«

Noch 11 Stunden

24. Dezember, ein Uhr nachts.
Peter hatte jedes Zeitgefühl verloren. Zwar war es ihm dank seiner Schnelligkeit gelungen, der schrecklichen Elfenbeinfrau im Flackerlicht zu entkommen, doch nur wenige Augenblicke später hatte wieder tiefschwarze Finsternis den Innentrakt des *Convention Center* erfasst.
Zu entnervender Langsamkeit gezwungen, versuchte Peter, sich so leise wie möglich zu einem der mondbeschienenen Außenflure vorzutasten. Erst jetzt fiel ihm siedend heiß ein, dass er in der ganzen Aufregung sein Handy völlig vergessen hatte. Er musste unbedingt seine Freunde über die unfassbaren Geschehnisse informieren! Hastig holte er das Mobiltelefon hervor und erkannte, dass Justus ihm inzwischen eine SMS mit der Frage nach dem Stand der Dinge geschickt hatte. Doch bevor Peter die Nummer des Ersten Detektivs wählen konnte, umfasste plötzlich eine Hand mit eisenhartem Griff seine Schulter.
»Nicht schreien – ich bin's«, zischte der Sicherheitschef und zog Peter durch eine Tür in einen etwas helleren Gang mit Fensterfront.
»Sir! Woher haben Sie gewusst, dass ich es bin?«, fragte Peter mit grenzenloser Erleichterung.
»Wenn ich deine Schritte nicht von denen eines 200-Pfund-Gorillas unterscheiden könnte, müsste ich mir ernsthafte Sorgen um meine Wahrnehmung machen.«
Der Zweite Detektiv wischte sich über die schweißnasse

Stirn. »Die Anzugtypen sind nicht allein. Die bleiche Frau ist wieder aufgetaucht und wollte mir eine Spritze verpassen! Was geht denn hier bloß vor?!«

»Noch habe ich keine Ahnung, aber spätestens jetzt ist endgültig klar, dass auf Mr Calbourn tatsächlich ein Anschlag verübt wurde. Und irgendjemand setzt alles daran, *mir* die Sache anzuhängen! Offenbar hat man mich im Visier, seit ich die Untersuchung eingeleitet habe.« Mr Nostigon wandte den Kopf und horchte in alle Richtungen, doch in diesem Trakt war es vollkommen still. »Okay, hör zu: Wenn wir es bis in den Kellerbereich schaffen, können wir über einen Versorgungstunnel zur *Grand Lodge* zurückkehren. Hoffen wir, dass die Kerle den nicht kennen. Im Hotel suchen wir uns dann einen Unterschlupf und beraten das weitere Vorgehen.« In seinen Augen flackerte es. »Und vor allem müssen wir herausfinden, was sich auf dem verdammten Datenstick befindet!«

Bob und Justus hatten mittlerweile zum dritten Mal ihre Horchpositionen eingenommen, in der Hoffnung, doch noch relevante Informationen aufzuschnappen. Und tatsächlich schien Bob diesmal Glück zu haben, denn der redselige Serienerfinder Wachinski breitete vor seinen weiblichen Zuhörern soeben ein höchst interessantes Thema aus.

»Noch ist natürlich nix in trockenen Tüchern«, erklärte er mit verschwörerischem Tonfall und hörbar schwerer werdender Zunge, »aber wenn dieser ganze Spielzeugquatsch super anläuft, stehen die Chancen gut, dass meine HEROES auch auf der großen Leinwand ein fettes Comeback feiern.«

Teils bewunderndes, teils verdutztes Gekicher setzte ein. Eine wasserstoffblonde Dame beugte sich vor und klimperte ausdrucksstark mit ihren falschen Wimpern. »Du meinst ... einen Kinofilm?«

»Und ob ich das meine, Baby«, bestätigte Wachinski mit gedämpfter Stimme und deutete unauffällig auf einen etwas abseits am Bartresen sitzenden Mittdreißiger mit Bürstenhaarschnitt und dunkelblauem Zweireiher. »Dieses verschnarchte Milchgesicht da drüben ist Floyd Keathley, stellvertretender Geschäftsführer von Delta Pictures in Los Angeles. Im Hintergrund laufen da schon lange die Drähte heiß. Ich sage nur: ›Die Legende kehrt zurück‹ ...«

»Echt?«, entfuhr es einer ebenfalls sichtlich angeheiterten Rothaarigen. »Mitt alln Stars von damalls?«

»Die komplette Besetzung«, bestätigte Wachinski grinsend. »Das Comeback alter Helden hat in Hollywood gerade Hochkonjunktur. Auf diesen Zug werden wir schön aufspringen – mit *mir* als ausführendem Produzenten.«

»Wahnsinn!«, meldete sich nun wieder die Blondine. »Dann drücke ich mal fest die Daumen, dass alles klappt! Bei so einer Riesensache sind ja bestimmt einige Hürden zu nehmen.«

Nun verengten sich Wachinskis Augen, und seine Stimme nahm einen schärferen Tonfall an. »Oh ja ... aber das hartnäckigste Problem ist inzwischen aus dem Weg geräumt ...«

Der konzentriert lauschende dritte Detektiv hoffte, noch weitere Einzelheiten zu erfahren, doch da bemerkte er plötzlich, dass sich direkt neben ihm eine skelettgesichtige Gestalt aufgebaut hatte, die ihn mit finsterem Blick fixierte.

»Na, wenn das kein interessanter Zufall ist ...«

Noch 10 Stunden

24. Dezember, zwei Uhr nachts.
Quälend langsam war es dem Sicherheitschef und Peter schließlich gelungen, unbemerkt den Kellertrakt des *Convention Center* zu erreichen. Wegen der ständigen Gefahr, von ihren Verfolgern gehört zu werden, war an einen Anruf bei Justus natürlich nicht zu denken gewesen. Über einen langen Versorgungstunnel, in dem es glücklicherweise keine Kameras, aber leider auch keinen Netzempfang gab, waren sie anschließend bis in die Lagerräume unterhalb der Küche der *Grand Lodge* gelangt. Dort hatten sie sich in eine Nische hinter einem gewaltigen Berg aus Konservenkisten zurückgezogen. Fassungslos blickte Nostigon nun auf das Display seines Mobiltelefons.

»Neue Schreckensmeldungen?«, fragte Peter, während er ungeduldig darauf wartete, dass auch sein eigenes Handy wieder Empfang anzeige.

»Kann man wohl sagen.« Der ehemalige Kommissar schnaubte verächtlich. »Die Jagd auf mich ist jetzt auch offiziell eröffnet. Über den Nachrichtenkanal der Security ging eben die Meldung raus, dass ich im Fall Calbourn als dringend Tatverdächtiger gesucht werde. Und das angefügte Bildmaterial ist wirklich höchst beeindruckend …«

Er hielt Peter das Handy hin, der ungläubig die aufgerufenen Kamerabilder betrachtete, auf denen eindeutig Mr Nostigon beim Verlassen von Büro 609 zu sehen war. Die eingeblendete digitale Zeitanzeige stand bei zwei Uhr sieben und in der rechten Hand des Sicherheitschefs war tatsächlich eine Spritze zu erkennen.

»Wahnsinn ...«, hauchte Peter. »Ich dachte, solche perfekten Bildmanipulationen gibt es nur im Kino.«

»Wer auch immer es auf mich abgesehen hat, er muss über unglaubliche technische Möglichkeiten verfügen«, stellte der Exkommissar fest.

»Und er hat Zugriff auf das Sicherheitssystem. Vielleicht ist es ja sogar jemand aus Ihrem Team – möglicherweise dieser unangenehme Typ mit der nasalen Stimme?«

Nostigon seufzte. »Ausschließen kann ich es nicht. Von keinem Mitarbeiter kenne ich nähere Einzelheiten und umgekehrt weiß niemand etwas von mir.«

»Mit anderen Worten: Es gibt hier auch keine Person, die für Sie eintreten würde«, folgerte der Zweite Detektiv.

»Genau. Hier kennt mich niemand wirklich gut – keiner würde für meine Unschuld die Hand ins Feuer legen.«

Mit angespannter Miene rieb sich Peter über die schmerzenden Schläfen. »Und auch Justus, Bob und ich könnten nichts ausrichten. Den Aussagen dreier unbekannter Jungs würde ja garantiert niemand glauben, wenn auf der anderen Seite ein solcher Videobeweis steht.«

»An keiner Front Entlastungsmöglichkeiten.« Konsterniert schüttelte Nostigon den Kopf.

Unsicher blickte der Zweite Detektiv ihn an. »Denken Sie, wir sollten uns jetzt an die Polizei wenden?«

»Nein«, erwiderte der Sicherheitschef mit fester Stimme. »Noch läuft das alles hinter den Kulissen, ohne Beeinträchtigung der Messe und ihrer Gäste. Ein Polizeieinsatz, noch dazu verbunden mit dem Stichwort ›Mordanschlag‹, würde sofort sämtliche medialen Scheinwerfer auf die *GameFame* richten und einen riesigen Skandal auslösen.«

»Mit unabsehbaren Folgen für den Abschluss der Messe und Ihre eigene Karriere«, ergänzte Peter und hob sein Handy, das inzwischen ebenfalls Empfang anzeigte. »Also müssen wir den Fall allein aufklären. Höchste Zeit, Justus und Bob zu informieren.«

Diesmal war es für die beiden Detektive noch komplizierter gewesen, Skulldor von den redlichen Motiven für ihre Anwesenheit zu überzeugen. Selbst die vorgezeigten Securityausweise hatten nur zögerlich Wirkung gezeigt. Schließlich hatte sich auch Jessalyn eingemischt und vehement darauf verwiesen, dass die beiden jugendlichen Sicherheitsdienstmitarbeiter einen ausgezeichneten Job verrichteten und gewiss niemanden bespitzeln wollten. Da es nach all der Aufmerksamkeit nun endgültig aussichtslos war, weiterhin verdeckt auf der Party zu agieren, zogen sich die Jungen an einen leeren Stehtisch zurück, um zu den Klängen von ›Last Christmas‹ die bisherigen Erkenntnisse zu besprechen. Gerade als Bob von Mr Wachinskis höchst verdächtiger Aussage über die Beseitigung eines hartnäckigen Problems berichtete, klingelte Justus' Mobiltelefon.

Während des folgenden Gesprächs wurden die Augen des Ersten Detektivs größer und größer. Als er auflegte, war ihm deutlich anzusehen, wie heftig seine Gedanken in Aufruhr geraten waren. »Du glaubst im Leben nicht, was Peter mir gerade erzählt hat …«

Noch 9 Stunden

24. Dezember, drei Uhr nachts.
Während des ausführlichen Gesprächs mit Justus, in das sich auch Mr Nostigon mehrmals eingeschaltet hatte, war dem Zweiten Detektiv erst so richtig das gesamte Ausmaß der unfassbaren Geschehnisse bewusst geworden.
»Mannomann, in meinem Kopf dreht sich alles …«
»Kein Wunder«, erwiderte der Sicherheitschef und verschränkte die Arme vor der Brust. »Die ganze Sache kann einen ja wirklich um den Verstand bringen. Umso wichtiger, dass wir endlich den Hintergründen auf die Spur kommen. Nach dem, was Justus erzählt hat, könnte durchaus Mason Wachinski der Drahtzieher sein.«
»Zumindest hätte er die perfekten Beziehungen, um Skulldor auf Mr Calbourn zu hetzen«, stellte Peter fest. »Wenn es tatsächlich so ist, muss er sich seiner Sache ja sehr sicher sein. Sonst würde er wohl kaum dermaßen feuchtfröhlich feiern, während Sie noch auf freiem Fuß sind.«
Nostigon nickte finster. »Stimmt. Aber falls er wirklich der große Schurke ist, hat er garantiert ausreichend Personal – zusätzlich unterstützt von meiner aufgehetzten Security.« Stirnrunzelnd strich er sich durch die Haare. »Aus genau diesem Grund können wir den Weihnachtsmann wohl von unserer Verdächtigenliste nehmen. Ihm fehlen einfach die notwendigen Vernetzungen, um eine solche Riesennummer abzuziehen. Außerdem hätte er dann wohl kaum so eine Vollrauschaktion hingelegt.«

»Also können wir auch das Motiv ›Hass‹ streichen«, ergänzte der Zweite Detektiv. »Womit wir wieder bei unserer Theorie mit dem dunklen Geheimnis der HEROES sind, das auf keinen Fall enthüllt werden soll.«
»Jedenfalls wissen wir jetzt dank deiner Freunde, dass ein reibungsloser Verkaufsstart der Figuren für Wachinski noch viel bedeutsamer ist als angenommen.«
»Weil ein Skandal seinen Start ins große Kinogeschäft ruinieren könnte«, führte Peter den Gedanken zu Ende und zog den Datenstick aus seiner Hosentasche. »Aber um endlich die Wahrheit zu erfahren, brauchen wir dringend einen PC!«
»Wenn ich es richtig in Erinnerung habe, ist zwei Etagen über uns ein Aufenthaltsraum für das Hotelpersonal mit frei zugänglichen Computern.« Stirnrunzelnd blickte Nostigon auf seine Armbanduhr. »Mit etwas Glück ist da um diese Uhrzeit nichts los, aber zunächst warten wir die Rückmeldung von Justus und Bob ab. Wenn die beiden es schaffen, sich in die Zentrale einzuschleusen, erfahren wir vielleicht, wo der Krisenstab mich derzeit vermutet und wie man weiter gegen mich vorgehen will.«
Gähnend lehnte sich der Zweite Detektiv an die karge Betonwand. »Ein bisschen Rückendeckung von außen könnten wir jetzt wirklich gebrauchen …«

Noch 8 Stunden

24. Dezember, vier Uhr morgens.
Zeitgleich hatten Justus und Bob mehrere unangenehme Zwischenfälle mit angetrunkenen Nachtschwärmern und einer partout nicht zu öffnenden Sicherheitstür nebst anschließend notwendigem Umweg bewältigen müssen. Doch schließlich waren die Jungen bei der Securityzentrale angekommen und hatten es tatsächlich ohne größere Schwierigkeiten geschafft, sich hineinzuschmuggeln. Dabei war ihnen zugutegekommen, dass die Mitarbeiter sich untereinander kaum kannten und mit den Gedanken ganz woanders waren. Wenn überhaupt, huschten nur flüchtige Blicke über die Identifikationskarten. Derzeit befanden sich etwa fünfundzwanzig Personen in dem mit Weihnachtsgirlanden und reichlich Tannengrün geschmückten Büroraum. Das Zentrum bildete ein großer Computertresen mit diversen Monitoren. Die Luft knisterte regelrecht vor Spannung. Mit gewisser Beruhigung stellten die beiden Detektive fest, dass offenbar ziemliches Chaos ausgebrochen war. Catelyn McBride, die stämmige Stellvertreterin von Mr Nostigan, schien mit der Ausnahmesituation vollkommen überfordert zu sein. Soeben entbrannte zwischen ihr und einem Mitarbeiter sogar offenes Kompetenzgerangel bezüglich der Frage, ob die Polizei hinzugezogen werden müsse oder nicht. Um das Stimmendurcheinander perfekt zu machen, quäkten aus irgendeinem Radio zu allem Überfluss auch noch die Piepsstimmen der Chipmunks mit ihrem Weihnachtshit ›Christmas Don't Be Late‹.

In all diesem Wirbel gelang es den Jungen, sich in eine Ecke des Raums zurückzuziehen, wo sie so taten, als würden sie am Computer Daten sondieren. In Wirklichkeit belauschten sie aufmerksam das Geschehen und versuchten gleichzeitig, per Zugriff auf das Informationssystem nähere Einzelheiten über die Vorgänge in Büro 609 zu erfahren.

Plötzlich jedoch durchschnitt eine scharfe Reibeisenstimme den Tumult. »Ist das hier ein Hühnerhaufen oder eine Einsatzzentrale?«

Ein drahtiger Mann Ende fünfzig mit markantem, wettergegerbtem Gesicht, schwarzgrauem Haar und gut geschnittenem Anzug hatte soeben den Raum betreten. Mit festen Schritten ging er zu einem Konferenztisch und schob mit einer energischen Bewegung ein Getränketablett beiseite, sodass mehrere herumliegende Papiere aufwirbelten. Dann deutete er auf die frei gewordene Fläche in der Mitte des Tischs. »Hier landen ab jetzt alle relevanten Informationen, und mit relevant meine ich alles, was mit diesem Nostigon zu tun hat – von der Sozialversicherungsnummer bis zum Namen seiner Lieblingscornflakes! Und würde wohl endlich mal jemand dieses elende Gedudel abstellen?!«

Aufgebracht schritt Mrs McBride heran. »Wie kommen Sie dazu, hier Anweisungen zu erteilen?«

Vollkommen unbeeindruckt wandte sich der Angesprochene um. »Weil das mein Job ist, Lady.« Er zog einen Ausweis aus der Innentasche seiner Anzugjacke. »Mein Name ist Charlton Hogart – ich hatte in diesem Laden acht Jahre lang die Leitung, und nun haben gewisse Herrschaften offenbar gemerkt, dass man diese Position nie hätte neu vergeben sol-

len.« Der Mann machte eine demonstrative Rundumbewegung. »Das hier ist jetzt also wieder *meine* Party. Wer mit auf die Tanzfläche will, der hat sich nach meiner Musik zu richten – war das so weit verständlich?«
Schlagartig herrschte Stille in der Zentrale. Niemand wollte sich mit dem zurückgekehrten und offenbar höchst durchsetzungsstarken Securitychef anlegen. Insgeheim schienen die meisten sogar froh zu sein, dass nun endlich jemand das Zepter an sich nahm und konkrete Anweisungen erteilte.
»Unser Auftrag ist klar: schnellstmögliche Ergreifung von Nostigon bei geringstmöglichen Eingriffen in den laufenden Betrieb. Da die meisten Gäste vermutlich nicht vor sieben Uhr auf der Bildfläche erscheinen werden, haben wir noch knapp drei Stunden, um weitgehend unbemerkt agieren zu können. Alle Zu- und Ausgänge sind hermetisch abgeschlossen – da könnte nicht mal ein Silberfisch entkommen. Wir müssen also systematisch jeden Quadratmeter der einzelnen Komplexe durchsuchen.« Unvermittelt trat Hogart an einen untersetzten Mann mit Seitenscheitel und dicker Brille heran und klopfte ihm so fest auf die Schulter, dass dieser überrascht zusammenzuckte. »Alle eingehenden Meldungen gehen ab jetzt an Milhouse hier, der sie für mich bündeln und in Prioritätsstufen von ›Dringend‹ bis ›Wer mich mit irrelevantem Dreck belästigt, fliegt achtkantig raus‹ einordnen wird. Alles klar? Dann los, wir haben einen Flüchtigen zu fassen!«

Noch 7 Stunden

24. Dezember, fünf Uhr morgens.
Auch wenn es eine ungeheure Nervenbelastung darstellte, war Peter und Mr Nostigon nichts anderes übrig geblieben, als in ihrem vorerst sicheren Versteck zu bleiben, bis Justus und Bob ihnen grünes Licht für den Ortswechsel signalisierten. Die Müdigkeit hielt sich durch die Anspannung glücklicherweise in Grenzen, aber nach all der Zeit ohne Nahrung meldeten sich ihre knurrenden Mägen nun umso deutlicher. Deshalb nutzten sie die Zwangspause, um den gröbsten Hunger mit einer Packung Donuts zu stillen, von denen es hier unten im Küchenlager ganze Stapel gab.
Nach einer gefühlten Ewigkeit zeigte dann endlich die Vibration von Peters inzwischen auf lautlos gestelltem Handy an, dass ein Anruf einging. Mit gedämpfter Stimme informierte ihn Justus, dass er und Bob es geschafft hatten, unauffällig in der Zentrale Position zu beziehen. Da die Patrouillen sich derzeit in sicherer Entfernung zu Peters Standort befanden, riet ihm der Erste Detektiv, schnellstmöglich in die obere Etage zu wechseln.
Eilig machten sich Peter und der Exkommissar auf den Weg. Tatsächlich schafften sie es, ungesehen zu dem Aufenthaltsraum zu gelangen, der glücklicherweise menschenleer und nur von einer einzigen Kamera überwacht war, die sich dank Nostigons Kenntnissen leicht umgehen ließ. Hastig steckte der Zweite Detektiv den Datenstick in den entsprechenden Anschluss eines Computers und klickte auf das angezeigte Icon.

»Nur ein einziger Ordner«, stellte Mr Nostigon stirnrunzelnd fest. »Betitelt mit ›JW/Ergänzung‹.«
Angespannt lenkte Peter den Cursor auf das Ordnersymbol. »Was auch immer es ist – jetzt erfahren wir endlich, auf welches Geheimnis Mr Calbourn gestoßen ist …«

In der Zwischenzeit war Justus zu dem Entschluss gekommen, dass er einen Strategiewechsel vornehmen musste. Einfach nur in der Zentrale zu hocken, war ihm zu wenig. Auch auf die Gefahr hin, dass seine Tarnung aufflog, wollte er versuchen, ein Körnchen Zweifel in die Spürnase des leitenden Jagdhunds zu streuen. Aus seiner Sicht hatte er bei Mr Hogart eine 50-zu-50-Chance. Entweder war der Mann ebenfalls ein Beteiligter der großen HEROES-Verschwörung, oder er war tatsächlich erst nach Ausbruch der Krise hinzugezogen worden und hatte mit all den Geschehnissen nichts zu tun. Justus wusste, dass er hoch pokerte, aber er war bereit, dieses Risiko einzugehen, um das Blatt zu ihren Gunsten zu wenden. Falls er mit seinem Vorstoß scheiterte, könnte immer noch Bob die Beobachtungsaktion fortsetzen. Nachdem er sich kurz mit seinem Freund besprochen hatte, trat der Erste Detektiv in scheinbarer Verlegenheit an den neuen Securityleiter heran.
»Ähm, Sir? Mir ist da etwas aufgefallen, was möglicherweise wichtig sein könnte.«
Mit abschätzigem Blick musterte Hogart den Ersten Detektiv und die Identifikationskarte, verlor jedoch kein Wort über sein junges Alter. »Dann mal raus damit.«
»Nun, es handelt sich um den Hergang der Ereignisse. Wenn

Mr Nostigon wirklich einen Anschlag auf Mr Calbourn verübt hätte, wieso sollte er dann anschließend bei der Zentrale Aufnahmen der Flurkameras anfordern, die ihn eindeutig als Täter überführen? Das wäre doch völlig idiotisch. Und warum war das Bildmaterial zunächst nicht verfügbar und später nur teilweise zu rekonstruieren, nämlich genau in den entscheidenden Momenten von Nostigons Ankunft und Verlassen des Büros?«

Justus zögerte und beobachtete die Miene des Mannes, konnte jedoch weder Zustimmung noch Zweifel darin erkennen. Er deutete dies als Aufforderung, fortzufahren.

»Außerdem wäre Mr Nostigon als Securitychef doch bestimmt clever genug, um sich nicht mit offen sichtbarer Spritze von seinen eigenen Kameras ablichten zu lassen. Genauso gut hätte er ja auch mit einem Schild wedeln können, auf dem steht: ›Ich war's! Nehmt mich bitte fest!‹ Nicht zu vergessen die Ungereimtheiten wegen der Reinigungskraft Barnes. Inzwischen habe ich nämlich mehrere verlässliche Aussagen darüber gehört, dass dieser Mann gar nicht im Urlaub ist, sondern gestern Nachmittag hier in Sektion D gearbeitet hat.« Das war nicht gelogen, denn er selbst, Peter und Bob würden dies ja tatsächlich bezeugen können.

Noch immer war im Gesicht seines Gegenübers keine Regung zu erkennen. Stumm fixierte Hogart den Jungen mehrere Sekunden lang, so als wolle er mit Röntgenblick tief in sein Inneres sehen. Die anschließende Bewegung war so schnell, dass Justus die Hand des Sicherheitschefs erst wahrnahm, als sie seine Schulter bereits fest umschlossen hatte und sich ein breites Grinsen über Hogarts Züge legte.

Noch 6 Stunden

24. Dezember, sechs Uhr morgens.
Mit einer Mischung aus Ratlosigkeit und stetig wachsender Nervosität hatten Peter und Mr Nostigon Seite um Seite des umfangreichen Datenmaterials überflogen, ohne daraus irgendwelche Erkenntnisse ziehen zu können.
»Nichts als Zahlenkolonnen, Schaltpläne und irgendwelche Grafiken, aus denen kein Mensch schlau wird!«, fauchte der Zweite Detektiv verärgert.
»Zumindest wir nicht«, präzisierte der ehemalige Kommissar. »Wenn ich raten sollte, würde ich sagen, dass das irgendwas mit der Mikrochiptechnik der HEROES-Figuren zu tun hat, aber ich habe nicht den geringsten Schimmer, was. Und schon gar nicht, ob irgendetwas Sensationelles oder Skandalöses daran ist.«
»Allein kommen wir hier auf jeden Fall nicht weiter«, stimmte Peter zu. »Vielleicht sollten wir –«
Doch weiter kam er nicht, denn in diesem Moment erklang aus dem Hintergrund eine überraschte Männerstimme.
»Mister Nostigon?!«

Justus war überzeugt davon gewesen, dass Hogart ihn als Nostigons Komplizen ansah und unter Arrest stellen würde. Doch stattdessen hatte der Securitychef ein raues Lachen von sich gegeben und verkündet: »Scharfblick und Eigeninitiative – das lobe ich mir!« Dann hatte er sich näher zum Ersten Detektiv gebeugt und die Stimme gesenkt. »Aber unter uns Pastorentöchtern – du bist doch nie und nimmer ein echter Securitymitarbeiter, stimmt's?«

»Da haben Sie recht, Sir ...« Nach kurzem Zögern hatte Justus schließlich beschlossen, aufs Ganze zu gehen, eine seiner Visitenkarten hervorgeholt und sie dem sichtlich überraschten Mr Hogart gereicht.

Anschließend waren natürlich viele Fragen zu klären gewesen, angefangen bei der Anwesenheit der Jungen und ihrer Beziehung zu Mr Nostigon bis hin zu den diversen Ungereimtheiten im Fall Calbourn.

Nachdem Justus geendet hatte, kratzte sich Hogart nachdenklich das stoppelige Kinn. »Hmm ... Eine groß angelegte Intrige gegen Nostigon erscheint mir schon recht abenteuerlich. Und dass er flüchtet, statt sich zu stellen, macht ihn auch nicht unverdächtiger. Mein Auftrag ist und bleibt deshalb, diesen Mann zu fassen.« Er machte eine kurze Pause. »*Ich* werde ihn also weder decken noch unterstützen, ist das klar?«

»Vollkommen klar, Sir.« Obwohl es nicht offen ausgesprochen wurde, verstand der Erste Detektiv sofort, dass Hogart ihm soeben eine Art stillen Pakt angeboten hatte. Der Sicherheitschef würde die Jagd fortsetzen, jedoch die Jungen nicht daran hindern, Nostigon dabei zu helfen, seine Unschuld zu beweisen. Dies war auch der Grund, warum Hogart sich die ganze Zeit über nicht erkundigt hatte, ob Justus den Aufenthaltsort Nostigons kannte. Er würde diese Frage nicht stellen und der Erste Detektiv würde nicht lügen müssen.

Stirnrunzelnd blickte der Securitychef ihn an. »Ich muss allerdings zugeben, dass einige Aspekte, die du genannt hast, höchst merkwürdig sind und eingehend geprüft werden sollten.«

»Mein Kollege Bob und ich sind bereits damit beschäftigt«, räumte Justus ein. »Da nicht auszuschließen ist, dass auch ein Securitymitarbeiter in den Fall verwickelt ist, haben wir das ohne offizielle Anfrage getan.«

Hogart nickte. »Okay, dann bleibt das vorerst auch weiterhin eine verdeckte Ermittlung. Falls euch irgendjemand blöd kommt, kannst du auf mich verweisen, ich regle das dann schon.«

Ein erleichtertes Lächeln huschte über das Gesicht des Ersten Detektivs. »Darauf werde ich gerne zurückkommen, Sir.«

Noch 5 Stunden

24. Dezember, sieben Uhr morgens.
Das unvermittelte Auftauchen des Weihnachtsmanns hatte dem Zweiten Detektiv und Mr Nostigon zunächst einen gehörigen Schrecken eingejagt. Doch schnell war klar geworden, dass der nicht minder überraschte Santa Claus keineswegs zu den Verfolgern zählte. Er hatte brav seinen Rausch ausgeschlafen und war nur zum Computerraum gekommen, um vor Messebeginn einige Mails zu schreiben.
Beim Anblick des schon in voller Montur verkleideten Weihnachtsmanns war dem Exkommissar und Peter zeitgleich eine zündende Idee gekommen. Und auf ihr Bitten hin hatte sich der irritierte Santa tatsächlich dazu bereit erklärt, für Mr Nostigon zwecks einer »Teamüberraschung« sein Ersatzkostüm aus dem Hotelzimmer zu holen.
Nach telefonischer Rücksprache waren Peter und der nun als Weihnachtsmann perfekt getarnte Mr Nostigon dann zu ihrem nächsten Ziel aufgebrochen: Raum 124 auf derselben Etage. Dieses leer stehende Hotelzimmer war ihnen von Bob nach einem Check der Belegungsliste genannt worden. Dank der Central Card des Exkommissars war es erneut kein Problem gewesen, sich Zutritt zu verschaffen. In diesen geschützten und natürlich kameralosen vier Wänden würden sie vor ihren Verfolgern vorerst sicher sein.
Da Peter und Nostigon aus den Schaltplänen nicht schlau geworden waren, entschloss sich Justus kurzerhand, ebenfalls zum Zimmer 124 zu kommen. Der technikversierte Erste

Detektiv wollte sich unbedingt selbst ein Bild von Calbourns geheimnisvollem Datenmaterial machen. Nachdem er Bob informiert hatte, schob Justus sich in einem günstigen Moment ein schmales Notebook unter den Pullover. Er wusste, dass Mr Nostigan das Passwort mit einem Generalcode umgehen konnte. Dann verließ er mit dem in die Runde gemurmelten Hinweis, er müsse mal austreten, die Zentrale. Der dritte Detektiv würde in der Zwischenzeit weiterhin hier Stellung halten, seine heimlichen Recherchen fortsetzen und die Routen der Patrouillen beobachten.

Zehn Minuten später klopfte der Erste Detektiv wie verabredet dreimal zaghaft an die Tür von Zimmer 124 und ein zutiefst erleichterter Peter öffnete ihm.

»Ich war selten so froh, dich zu sehen, Chef.«

»Das beruht auf Gegenseitigkeit«, erwiderte Justus erschöpft lächelnd und nickte auch dem immer noch verkleideten Mr Nostigon zu. »Rot steht Ihnen ausgezeichnet, Sir.«

»Vielen Dank für die Blumen«, erwiderte der ehemalige Kommissar, über dessen angespannte Züge nun ebenfalls ein Lächeln huschte. »Dennoch wird es vermutlich bei diesem einen modischen Kurzausflug bleiben.«

Nach raschem Durchatmen ging Justus zielstrebig zu einem kleinen Schreibtisch hinüber, auf dem der Datenstick schon bereitlag, holte das Notebook hervor und ließ sich von Mr Nostigon das Security-Passwort geben. Während er nun damit begann, aufmerksam das gespeicherte Informationsmaterial zu sondieren, postierte sich der Exkommissar seitlich am Fenster und behielt den laternenbeschienenen Vorplatz des Hotels im Blick.

Leise seufzend ließ sich Peter auf einen bequemen Sessel sinken. Erst jetzt, in der relativen Sicherheit des Hotelzimmers, fiel ein Teil der gewaltigen Anspannung von ihm ab. Durch den ununterbrochenen Stress und das ausgeschüttete Adrenalin hatte der Zweite Detektiv nicht wirklich wahrgenommen, dass sie inzwischen seit fast 24 Stunden ununterbrochen wach waren. Umso aussichtsloser war nun sein Kampf gegen die immer schwerer werdenden Augenlider. Schließlich fiel er in einen unruhigen Halbschlaf, der von wirren Traumfetzen mit monströsen Tiermenschen, jonglierenden Schneemännern und lebenden Skeletten erfüllt war. Am schlimmsten war jedoch die grässliche bleiche Frau, die ihn durch ein Labyrinth endloser Flure jagte, ihre Lippen zu einem blutrot geschminkten Kussmund verzogen, aus dem zwei spitze, elfenbeinfarbene Zähne herausragten …

Ein plötzliches Poltern ließ ihn jäh hochschrecken. Die Morgendämmerung hatte inzwischen eingesetzt und tauchte das Hotelzimmer in rötlich-violettes Licht. Benommen blickte der Zweite Detektiv zu Justus hinüber, der gerade von seinem Stuhl aufgesprungen war. In der rechten Hand hielt er sein Mobiltelefon. »Das war Bob«, rief er in höchster Aufregung. »Eine Gruppe von Anzugtypen kommt in hohem Tempo auf die *Grand Lodge* zu!«

Noch 4 Stunden

24. Dezember, acht Uhr morgens.
»Das gibt's doch nicht!«, entfuhr es Mr Nostigon. »Die ganze Nacht über hatten sie unsere Spur verloren – wie haben die uns jetzt gefunden?«
»Durch mich …«
Die Erkenntnis hatte Justus wie ein Nadelstich durchzuckt. Hektisch begann er, von oben bis unten seine Kleidung abzutasten. »Ich bin der einzige neue Faktor in eurer Konstellation. Wir vermuteten ja bereits, dass unsere Gegner einen technisch brillanten Spion in die Zentrale eingeschleust haben. Dieser Unbekannte muss mir heimlich einen Minisender oder etwas Ähnliches zugesteckt haben, damit ich die Jäger irgendwann zu eurem Versteck führe. Und genau *das* habe ich getan!«
Aufgeregt wedelte Peter mit den Händen. »Dann sieh zu, dass du das verdammte Ding loswirst! Sonst müssen wir uns wieder von dir trennen, und ohne dich finden wir nie heraus, was das für Daten sind!«
»Was auch immer ihr tun wollt, beeilt euch«, mahnte Mr Nostigon, der zurück ans Fenster getreten war. »Ich kann die Typen schon sehen. In spätestens einer Minute sind sie hier!«
»Okay, behalten Sie die genau im Auge«, rief der Erste Detektiv. »Ich probiere etwas aus. Wenn's nicht klappt, nehme ich den Fahrstuhl und lasse mich weit von euch entfernt schnappen!« Mit diesen Worten zog er hastig Schuhe, Hose und Jacke aus.

»Und was kommt jetzt?«, fragte Peter verwirrt. »Willst du auf den Klamotten rumtrampeln, bis der Sender den Geist aufgibt?«

Als Antwort zischte Justus nur »Wäscheschacht!«, während er seine Kleidung und die Schuhe vom Boden aufklaubte. Lediglich die Geldbörse und sein Handy hatte er herausgenommen und auf den Schreibtisch geworfen. Nun stürmte er zur Tür, blickte sich nach dem Öffnen spähend um und lief ein Stück den Flur hinunter, wo ihm auf dem Hinweg ein altmodischer Schacht für die Schmutzwäsche aufgefallen war. Mit fahrigen Händen öffnete Justus die Klappe und warf das Bündel hinein. Schwer atmend kehrte er anschließend ins Hotelzimmer zurück und schaute erwartungsvoll zu Mr Nostigon hinüber.

»Und?«

»Sie sind tatsächlich stehen geblieben!«, verkündete der Exkommissar angespannt. »Einer von ihnen schaut auf ein kleines Gerät und scheint ziemlich irritiert zu sein.«

»Dann hat mein Plan also geklappt«, stellte der Erste Detektiv grimmig lächelnd fest. »In meiner Kleidung steckt somit tatsächlich ein Peilsender, und nun sieht es für die Typen so aus, als würden wir mit einem Höllentempo in die Kelleretage rennen.«

»Tatsächlich – jetzt bewegen sie sich nach rechts in Richtung Tiefgarage«, verkündete Mr Nostigon. »Viel konnte ich von denen nicht erkennen, aber immerhin etwas mehr als vorhin bei Nacht. Zu meinem Team gehören die garantiert nicht.«

Grübelnd zupfte Justus an seiner Unterlippe. »Also eine externe Gruppe – gut zu wissen …«

Peter knuffte ihn erleichtert an die Schulter. »Auf jeden Fall war das eine großartige Reaktion, Erster! Aber jetzt sollten wir Bob anrufen, damit er uns ein neues Zimmer heraussucht. Irgendwann werden die Anzugtypen herauskriegen, dass sie nicht mehr uns, sondern deiner Wäsche nachjagen. Und wenn sie dann zwei und zwei zusammenzählen, werden sie wieder zum Ausgangspunkt kommen, also hierher.«

»Du hast recht«, stimmte Justus zu. »Zwar halte ich es für unwahrscheinlich, dass sie den letzten Peilkontakt zimmergenau zuordnen konnten, aber Vorsicht ist die Mutter der Porzellankiste.«

Glücklicherweise dauerte es nicht lange, bis Bob ein anderes freies Zimmer in der nächsthöheren Etage gefunden hatte. Um nicht in Unterhosen vor die Tür gehen zu müssen, zog sich Justus notgedrungen einen an der Garderobe hängenden weißen Frotteebademantel über. Neue Kleidung aus seinem Zimmer zu holen erschien ihm angesichts der weiten Strecke zu riskant.

Nachdem alle in Raum 208 gehuscht waren, betätigte Mr Nostigon erleichtert aufatmend die Türverriegelung. »Also dann: Neues Heim, neues Glück …«

Während der Erste Detektiv sich wieder an einen Schreibtisch setzte und das Notebook aktivierte, ließ Peter sich genervt schnaubend auf das Kingsize-Doppelbett plumpsen. »Oh Mann … ich würde ja zu gern sehen, wie diese Typen gerade fluchend in einem Berg dreckiger Wäsche herumwühlen, weil sie glauben, wir könnten uns darin verstecken.«

»Falls sie das tatsächlich tun, haben sie vorher einen Außenposten abgestellt«, erwiderte der ehemalige Kommissar und deutete mit düsterer Miene aus dem Fenster, an dessen rechter Seite er sich wieder postiert hatte.

Justus war schon so sehr in die komplizierten Schaltpläne versunken, dass er den letzten Satz gar nicht mitbekommen hatte. Peter hingegen stand argwöhnisch auf und trat, gleichfalls Deckung wahrend, an Mr Nostigon heran. Nach kurzem Blick auf den noch nahezu menschenleeren, schneebedeckten Vorplatz stockte er und ein eiskalter Schauer lief ihm über den Rücken.

Im Schutz einer liebevoll mit zahlreichen Weihnachtskugeln geschmückten Tanne stand, kerzengerade und reglos wie eine dürre Vogelscheuche, die Elfenbeinfrau und spähte mit einem Fernglas zum Hotel hinauf.

Noch 3 Stunden

24. Dezember, neun Uhr morgens.
Mit jeder verstreichenden Minute waren die Ringe unter Justus' Augen dunkler geworden, während er Seite für Seite des umfangreichen Dokuments herunterscrollte. Die Knöchel seiner verkrampften Finger waren weiß hervorgetreten und auf seiner Stirn glänzten Schweißperlen. Ihm war bewusst, dass nur noch ein kleines Zeitfenster blieb, um die Wahrheit herauszufinden, bevor die große Gala begann und sich anschließend sämtliche Teilnehmer in alle Himmelsrichtungen zerstreuen würden. Wie mit leuchtend roten Ziffern eines riesigen Digitalweckers lief der unerbittliche Countdown vor seinem inneren Auge ab.
»Ich … komm hier einfach nicht weiter«, murmelte er gepresst.
»Hast du denn wenigstens eine ungefähre Ahnung, worum es bei dem Zeug geht?«, fragte Peter nervös und äugte zum wiederholten Mal zu der bleichen Frau hinüber, die unverwandt das Hotel beobachtete.
Leise stöhnend schloss Justus für einen Moment die schmerzenden Augen. »Der einzige wirklich greifbare Fingerzeig ist das mehrfache Auftauchen des Wortes ›Gaffer‹.«
»Gaffer?«, fragte Mr Nostigon. »Also ein Beobachter?«
Der Erste Detektiv schüttelte den Kopf. »Das halte ich für unwahrscheinlich. Ich vermute eher, dass es sich um einen Begriff aus der Filmwelt handelt. Als ›Gaffer‹ bezeichnet man bei Dreharbeiten nämlich den Chefbeleuchter.«

»Hey, damit hätten wir ja vielleicht eine Verbindung zum Serienerfinder Wachinski!«, stellte Peter aufgeregt fest.
»Dann steckt also möglicherweise ein Mitglied seiner damaligen Crew in der Sache mit drin«, folgerte der Exkommissar.
»Oder jemand vom künftigen Kinoteam.«
»Durchaus vorstellbar«, erwiderte Justus nachdenklich. »Leider gibt uns das immer noch keinen Aufschluss über die konkreten Vorgänge, denen Mr Calbourn auf die Spur gekommen ist.« Betreten tippte er auf den Monitor. »Es scheint etwas mit den optischen Sensoren der Spielfiguren zu tun zu haben. Und mit irgendwelchen Speicherelementen, aber die Details sind einfach zu hoch für mich. Da steige ich nicht durch …«
»Das aus deinem Mund zu hören, ist ja eine echte Sensation«, erwiderte der Zweite Detektiv. »Leider kommt sie zum allerschlechtesten Zeitpunkt.«
Energisch fingerte Mr Nostigon am Saum seiner inzwischen abgenommenen Weihnachtsmütze herum. »Dann müssen wir versuchen, einen Experten hinzuzuziehen!«
»Daran hatte ich ebenfalls schon gedacht«, entgegnete Justus, »und ich wüsste auch schon jemanden, an den wir uns wenden könnten. Doe Dungeon, ein ehemaliger Klient von uns, ist professioneller Computerprogrammierer und könnte uns mit Sicherheit weiterhelfen.«
»Stimmt, der wäre als Berater ideal«, pflichtete Peter hoffnungsvoll bei. »Kannst du dich hier einloggen und ihm das Material zusenden?«
»Müsste gehen«, erwiderte der Erste Detektiv und deutete auf die Hosentasche seines Freundes. »Gib mir mal deine

Zimmerkarte. Auf dem Umschlag ist ja ein Zugangspasswort fürs Internet abgedruckt.«
»Falls wirklich ein kriminelles Computergenie in der Zentrale sitzt, sollten wir besser keines von euren zimmergebundenen Passwörtern benutzen«, wandte der Exkommissar ein. »Stattdessen kannst du auch hier lieber einen Generalcode nehmen, den alle Securitymitarbeiter verwenden. So bleibt unser Zugriff völlig unauffällig.« Mit diesen Worten notierte er eine neunteilige Buchstaben- und Zahlenkolonne auf einem Zettel und reichte diesen dem Ersten Detektiv.
»Ausgezeichnet«, erwiderte Justus und wandte sich wieder an Peter. »Während ich alles vorbereite, kannst du Mr Dungeon ja schon mal über unser Anliegen informieren und dir seine Mailadresse geben lassen.«
Der Zweite Detektiv nickte und zog sein Handy hervor. »Alles klar, Chef.«
Der ehemalige Auftraggeber der drei ??? erklärte sich sofort dazu bereit, das Material zu begutachten.
Kaum hatte Justus die Daten verschickt, meldete sich Bob bei ihm. Nach dem kurzen Gespräch blickte Justus ernst in die Runde.
»Im Moment läuft bei der Security eine hitzige Debatte mit der Messeleitung. Es geht darum, ob nun doch überall im Hotel Zimmerkontrollen durchgeführt werden sollen.«
»Das wird ja immer besser«, knurrte Peter leise.
Mit einem gequälten Lächeln lehnte sich Mr Nostigon gegen die Wand. »Oh Mann … Wer hätte gedacht, dass nach einem Provinz-Ei wie mir mal eine kinoreife Großfahndung durchgeführt wird. Es ist nicht zu fassen …«

Einige Sekunden lang herrschte betretenes Schweigen. Dann machte etwas im Kopf des Ersten Detektivs ›klick‹.

»Moment mal!« Aufgeregt blickte er den ehemaligen Kommissar an. »Sir, haben Sie irgendjemandem hier auf der Messe von Ihrer Herkunft erzählt?«

Mr Nostigon blinzelte. »Äh … nein, niemandem. Dafür bestand ja auch gar kein Anlass.«

Triumphierend verschränkte Justus die Arme. »Und doch weiß jemand offenkundig genauestens über Sie Bescheid …«

Ungeduldig wedelte Peter mit den Händen. »Na, wer denn, zum Kuckuck?«

»Jessalyn Wyngard!«

Die verständnislosen Mienen seiner Zuhörer riefen dem Ersten Detektiv ins Gedächtnis, dass die beiden von der nächtlichen Begegnung in der Bar ja nichts wissen konnten.

»Oh, entschuldigt«, fügte er rasch an. »Ihr wart ja nicht dabei. Miss Wyngard ist die Leiterin der Werbeabteilung bei *Fun Fellows*, die Bob und ich gestern auf der Party getroffen haben. Und dabei erwähnte sie, dass ›der Provinzsheriff‹ stolz auf so tüchtigen Securitynachwuchs wie uns sein könne.«

»Echt?«, fragte Peter überrascht. »Und wieso? Habt ihr irgendwelche Heldentaten vollbracht, von denen wir noch nichts wissen?«

»Das ist jetzt zweitrangig«, entgegnete Justus mit abwinkender Handbewegung. »Entscheidend ist, dass diese überfreundliche Dame über Kenntnisse verfügt, die sie gar nicht haben dürfte …«

»… es sei denn, sie hat sich gezielt über mich informiert«, ergänzte Nostigon mit grübelnd verengten Augen.

»Exakt«, bestätigte der Erste Detektiv. »Und zwar eingehend, denn mit der Provinz hat sie ja definitiv nicht Ihren aktuellen Wohnort San Francisco gemeint, sondern das kleine Nest Fishing Port an der Ostküste, aus dem Sie ursprünglich stammen.«

Verwirrt schüttelte Peter den Kopf. »Aber warum sollte eine Werbemanagerin von *Fun Fellows* so detaillierte Informationen über den Sicherheitschef der Messe einholen?«

»Genau das ist der springende Punkt«, erklärte Justus. »Eine solche Aktion ergibt nur dann Sinn, wenn Miss Wyngard einen konkreten Plan damit verfolgt.«

»Du meinst also, sie könnte etwas mit dieser ganzen Verschwörung gegen mich zu tun haben?«, fragte der ehemalige Polizist verdutzt. »Aber welches Motiv sollte sie dafür haben?«

»Das ist die entscheidende Frage, die wir –«

»Die Buchstaben!«, entfuhr es dem Zweiten Detektiv unvermittelt, dann stürzte er zum immer noch geöffneten Notebook und deutete hektisch auf den Namen, den Mr Calbourn dem Dateiordner gegeben hatte. »Hier, der Titel: ›JW/Ergänzungen‹!«

»JW – Jessalyn Wyngard!«, rief Mr Nostigon verblüfft. »Dann steckt hinter dem Skandal, den Mr Calbourn aufdecken wollte, also … diese Werbefrau von *Fun Fellows*?!«

»Falls es tatsächlich so ist, kennen wir nun mit hoher Wahrscheinlichkeit auch die Drahtzieherin des Anschlags und somit die Anstifterin von Skulldor und der Elfenbeinfrau«, fügte Justus grimmig an. »Das wäre dann allerdings eine faustdicke Überraschung. Ein kriminelles Mastermind, ver-

borgen hinter der Fassade eines umwerfenden Lächelns ...«
Hellhörig geworden legte Peter grinsend den Kopf schief.
»Wow, das hört sich ja so an, als wärst du ein klitzekleines bisschen in die Tussi verschossen.«
»Unsinn!«, wehrte Justus energisch ab. »Sie war einfach ungeheuer freundlich und hat –«
Bei diesen Worten waren die Gesichtszüge des Ersten Detektivs eingefroren. Unter den überraschten Blicken der beiden anderen griff er zu seinem Handy und rief Bob an. Um später keine Zeit mit unnötigen Erklärungen zu verlieren, aktivierte er die Freisprechfunktion, damit Peter und Mr Nostigon mithören konnten.
»Hallo, Bob – stell jetzt bitte keine Fragen, sondern such einfach den kleinen Anstecker raus, den Miss Wyngard dir gegeben hat!«
»Aber ... du hast doch selber einen bekommen«, erwiderte ein hörbar überraschter dritter Detektiv.
»Jetzt tu einfach, worum ich dich gebeten habe!«, fauchte Justus genervt.
»Okay, okay, bin ja schon dabei ...« Es setzte eine kurze Pause ein, in der hastiges Rascheln zu hören war. »So, hier ist das Ding – und jetzt? Soll ich es anstecken?«
»Nein«, widersprach Justus energisch. »Brich es auf!«
»Äh ... ich soll es *aufbrechen*? Ist das dein Ernst?«
»Ja, zum Henker, nun mach schon! Aber tu es unauffällig und sei dabei vorsichtig – da ist vermutlich etwas drin.«
Ergeben seufzte Bob. »Na gut, ich muss es ja nicht kapieren. Also dann: Operation Ansteckeröffnung läuft.« Erneut wurde es kurz still, lediglich unterbrochen von einem leisen

Knacken und Knirschen. Dann erklang wieder die Stimme des dritten Detektivs, diesmal noch irritierter als zuvor.

»Da … ist irgendein winziger Chip drin. Sieht fast aus wie eine Art …«

»Minipeilsender«, ergänzte der Erste Detektiv erbost. »Dachte ich's mir doch! Die Dame ist wirklich gerissen …«

»Aber warum –«

»Später!«, unterbrach ihn Justus. »Wichtig ist, dass du dieses Teufelsding irgendwie loswirst. Am besten wäre es, wenn du es heimlich jemandem in der Zentrale zusteckst.«

»Na, wenn's weiter nichts ist«, erwiderte Bob spitz. »Irgendwann wirst du sicher die Güte haben, mir das alles zu erklären.«

»Versprochen. Und wie sieht's bei euch in puncto Entscheidung aus? Wird die Zimmerkontrolle gestartet?«

»Das ist immer noch in der Schwebe. Ich melde mich, wenn klar ist, wie es weitergeht.«

»Okay, dann bis später!«

»Das ist ja wirklich unglaublich«, murmelte Peter verblüfft. »Du hattest also auch so einen präparierten Anstecker bei dir!«

»Deshalb konnten die Jäger unsere Spur wieder aufnehmen, als du vorhin zu uns gekommen bist«, fügte der ehemalige Kommissar an. »Diese Miss Wyngard setzt ja wirklich alles daran, um mich in die Hände zu bekommen.«

»Nicht nur Sie, sondern auch Mr Calbourns Material, von dem die Dame fraglos Kenntnis besitzt«, präzisierte Justus. »Die unbekannte Gruppe von Anzugtypen gehört also zu Miss Wyngard und agiert unabhängig von der Security – mit

Ausnahme des Spitzels, dessen Einschleusung in die Zentrale mutmaßlich ebenfalls von ihr veranlasst wurde.«

»Klingt logisch«, erwiderte Peter. »Seit sie Wind davon bekommen hat, dass Mr Nostigon nicht auf den Herzanfall hereingefallen ist und eigene Ermittlungen gestartet hat, will sie ihn mit allen Mitteln stoppen.«

»Korrekt.« Mit finsterem Blick schaute der Erste Detektiv zum Notebookmonitor hinüber. »Und das alles hat mit irgendwelchen seltsamen ›Ergänzungen‹ an den Spielfiguren zu tun, die offenkundig auf Jessalyn Wyngards Konto gehen. Hoffen wir, dass Mr Dungeon sich bald meldet, um dieses wichtigste aller Geheimnisse aufzuklären …«

Einstweilen blieb den dreien nichts anderes übrig, als auf den Rückruf des Programmierers zu warten. Die Minuten schienen sich wie zäher Kaugummi zu dehnen und bleierne Müdigkeit ließ die Köpfe immer schwerer und schwerer werden. Doch gerade als das Kinn des Ersten Detektivs auf seine Brust sank, schreckte ihn und die anderen ein heftiges Klopfen an der Tür hoch.

Noch 2 Stunden

24. Dezember, zehn Uhr vormittags.
»Verdammt, was machen wir denn jetzt?«, zischte Peter aufgeregt und blickte instinktiv aus dem Fenster zu dem im Morgenlicht glitzernden Weihnachtsbaum hinüber. Die Elfenbeinfrau war verschwunden.
Hektisch schaute sich Justus um. »Wenn sie uns erwischen, ist alles aus! Wir müssen irgendwie –«
Ein energisches Flüstern ließ ihn abrupt verstummen.
»Hättet ihr vielleicht die Freundlichkeit, mich endlich reinzulassen, oder brauche ich dafür eine schriftliche Einladung?«
»Bob!«, rief der Zweite Detektiv in grenzenloser Erleichterung, eilte zur Tür und ließ den Freund herein.
»Sehr liebenswürdig, tausend Dank«, grummelte der unerwartete Besucher, bevor er beim Anblick von Justus verdutzt innehielt. »Kommst du gerade aus der Badewanne?«
Mit sarkastischer Miene nickte der Erste Detektiv. »Vollkommen richtig, Kollege. Ich empfand die locker-entspannte Atmosphäre hier als perfekt für ein gemütliches Schaumbad. Und zum krönenden Abschluss werde ich nun auf Socken zur Wellness-Oase marschieren und mir eine wohltuende Massage verabreichen lassen.«
»Dann komme ich aber mit!«, mahnte Peter mit schiefem Grinsen an.
Zur Vermeidung weiterer Verwirrung sprang nun Mr Nostigon ein. »Um genau zu sein, war es eine Notfallmaßnahme zur Beseitigung des Peilsenders.« Fragend blickte er Bob an.

»Aber sag mal – warum hast du denn nicht angerufen und Bescheid gesagt, dass du kommst?«

Seufzend ließ sich Bob auf die Bettkante sinken. »Weil mein Handyakku den Geist aufgegeben hat, und jedes andere Telefon in der Zentrale war in direkter Hörnähe von jemandem, sodass man mich unweigerlich belauscht hätte.«

»Verstehe«, gab Justus zurück. »Unter diesen Voraussetzungen machte dein Beobachtungsposten natürlich keinen Sinn mehr.«

»Falls wir wieder getrennt werden, müssen wir aber Kontakt halten können«, stellte Mr Nostigon fest, zog ein kleines Gerät aus seiner Manteltasche und übergab es Bob. »Bis wir die Sache überstanden haben, kannst du mein Privathandy benutzen. Ich selbst habe ja noch das Diensttelefon.«

»Vielen Dank, Sir«, erwiderte der dritte Detektiv erleichtert und blickte dann wieder zu Justus. »Auftragsgemäß habe ich übrigens den Minipeilsender vor meinem Abgang noch heimlich einem ›Kollegen‹ zugesteckt. Alles, was unsere Verfolger jetzt noch orten können, ist ein drei Zentner schwerer IT-Spezialist mit Vorliebe für Peperoni-Pizza.« Verächtlich schüttelte er den Kopf. »Die ganze Sache ist ja wirklich unglaublich. Dieses verschlagene Möchtegernmodel hat also ganz bewusst mit dir geknutscht, um uns aus dem Konzept zu bringen und anschließend zu verwanzen!«

Im folgenden Moment des perplexen Schweigens konnte man Peters Kinnlade regelrecht herunterfallen hören. »Sie hat … *was* mit Just gemacht?!?«

»Einzelheiten sind jetzt absolut nicht fallrelevant!«, wiegelte der Erste Detektiv genervt ab, während seine Gesichtsfarbe sich schlagartig dem Weihnachtsmannkostüm anglich. »Aber sei versichert – es handelte sich um einen forcierten Übergriff, den ich unmöglich hätte abwehren können.«

Mr Nostigon lächelte amüsiert. »Klingt ja wirklich nach heftigen Bedrängnissen, die du zu bewältigen hattest.«

Peter konnte sich gar nicht wieder einkriegen und murmelte fassungslos vor sich hin: »Das ist ja wohl echt die Krönung! Da knutscht der werte Bademantelplayboy wild mit einer Schönheitskönigin herum, und wer ist hinter *mir* her? Eine faltige Gruselhexe mit Weihnachtsglöckchen!«

Zerknirscht blickte Bob den Ersten Detektiv an und versuchte dabei krampfhaft, ein Grinsen zu unterdrücken. »Diesen … Punkt hattest du wohl noch nicht angesprochen, richtig?«

»Das ist zutreffend«, grummelte Justus, »aber dank deines überschwänglichen Mitteilungsdrangs konnte diese Kenntnislücke ja nun erfolgreich geschlossen werden!«

Zaghaft versuchte Mr Nostigon, das Gespräch wieder auf das eigentliche Thema zu lenken. »Konntest du denn vor deinem Verschwinden noch Informationen einholen, Bob?«

»Und ob – dazu komme ich sofort«, entgegnete der dritte Detektiv, dem die Erleichterung, einer drohenden Standpauke entkommen zu sein, deutlich anzusehen war. »Das Wichtigste aber gleich vorweg: In spätestens zehn Minuten müssen wir hier raus sein. Momentan werden nun tatsächlich alle Kräfte zusammengezogen, um anschließend die Zimmerkontrollen zu starten.«

»Dann wird es höchste Zeit, unsere Zelte hier abzubrechen«, stimmte der ehemalige Kommissar mit finsterer Miene zu.

Justus nickte. »Okay, vor unserem Aufbruch rufe ich aber noch Mr Dungeon an und frage, was er bis jetzt herausfinden konnte. Notfalls müssen wir eben mit unvollständiger Munition zum großen Schlussduell mit Jessalyn Wyngard antreten.«

Beunruhigt stutzte Peter. »Wir sollen … *persönlich* gegen diese skrupellose Verbrecherbraut antreten?«

»Keine Sorge – wir werden ausreichend gewappnet sein«, beschwichtigte ihn der Erste Detektiv. »Zuvor müssen wir allerdings klären, wo sich die Dame momentan aufhält.«

»Da kann ich behilflich sein«, verkündete Bob. »Nach der Sache mit dem präparierten Anstecker habe ich ein wenig über Miss Wyngard recherchiert. Aktuell müsste sie sich hier im Hotel in einem reservierten Konferenzraum auf der neunzehnten Etage befinden. Dort bespricht sie mit dem Messeteam die letzten Einzelheiten für die Abschlusspräsentation der HEROES.«

»Ausgezeichnete Arbeit, Dritter«, lobte Justus. »Klingt nach einem perfekten Rahmen für unsere eigene Finalshow.«

»Und da die Zimmerkontrollen hoffentlich schön systematisch von unten nach oben durchgeführt werden, haben wir jetzt noch gute Chancen, ungesehen in den neunzehnten Stock zu kommen«, ergänzte Mr Nostigon tatendurstig.

»Apropos ungesehen«, griff Bob das Stichwort auf. »Ich weiß nun auch, auf welchem Wege Skulldor und die bleiche Frau aus Mr Calbourns Büro entkommen konnten.«

Aufhorchend blickte ihn Peter an. »Na, da bin ich jetzt aber gespannt …«

»Unser Fehler war, dass wir bei der Suche nach einem geheimen Zugang ausschließlich die Wände abgesucht haben, weil wir annahmen, der Fluchtweg müsse zu einem angrenzenden Zimmer führen.«

»Diese Annahme war vom Standpunkt der logischen Schlussfolgerung aus ja auch durchaus gerechtfertigt«, wandte Justus ein.

Bob schmunzelte. »Das bestreite ich auch gar nicht. Allerdings bezog sich diese Annahme auf das falsche Stockwerk.«

»Hä?« Peter blinzelte irritiert. Auch der ehemalige Kommissar konnte nicht recht folgen, während auf Justus' Miene ein Funke der Erkenntnis aufblitzte.

Der dritte Detektiv machte eine ausholende Handbewegung. »Des Rätsels Lösung liegt im Raum *unter* Büro 609. Bei meinen Nachforschungen konnte ich nämlich herausfinden, dass der Architekt des Gebäudekomplexes im Namen des damaligen Bauherrn eine sogenannte Kennedy-Luke in der Decke von Raum 509 einbauen ließ. Mittels einer ausziehbaren Leiter war es so möglich, dass ›besondere‹ Gäste über diesen verborgenen Zugang in das darüberliegende Büro 609 wechseln konnten.«

»Mutmaßlich zwecks Genusses trauter Zweisamkeit, die sich aus naheliegenden Gründen im Geheimen vollziehen sollte«, folgerte Justus spöttisch. Dann schüttelte er seufzend den Kopf. »Tja, da haben wir ausführlichst jeden Quadratzentimeter der Bürowände gecheckt, ohne zu merken, dass sich der Fluchtweg genau unter unseren Füßen befand. Nicht gerade eine kriminalistische Glanzleistung …«

»Auch der brillanteste Detektiv kann mal ein Detail übersehen«, tröstete ihn Mr Nostigon.

»Genau«, stimmte Peter versöhnlich zu. »Dieses unruhige Linienmuster des Teppichbodens ist ja schließlich ideal, um irgendwelche Rillen zu verdecken. Selbst bei gezielter Suche hätten wir es da schwer gehabt, die Luke zu finden.«

»Sonst wäre es ja auch keine Geheimtür«, ergänzte Bob zwinkernd. »Offiziell angemietet war das Büro 509 übrigens für einen Typen aus der Produktionsleitung von *Fun Fellows*, der laut System jedoch kurzfristig seine Teilnahme an der Messe abgesagt hat. Und jetzt ratet mal, über wessen Sekretariat diese Reservierung veranlasst wurde?«

In Justus' Augen glitzerte es. »Ich nehme mal an, dass ich diesmal keinem Fehlurteil erliege, wenn ich mich zu der Hypothese hinreißen lasse, dass es sich um eine Dame mit den Initialen ›J‹ und ›W‹ handelt.«

»Diese Annahme ist korrekt«, bestätigte der dritte Detektiv. »Bei Zimmer 609 lief die Reservierung zwar offiziell über die Pressestelle der *GameFame*, aber auch da hatte Miss Wyngard garantiert ihre Finger im Spiel. Nichts an all diesen Geschehnissen war Zufall, jedes Detail war präzise geplant. Beispielsweise habe ich herausgefunden, dass vor drei Tagen über Miss Wyngards Büro eine interessante Personalempfehlung erfolgt ist.«

»Nämlich?«, fragte Peter aufhorchend.

»Es ging um die Stelle eines externen Beraters für das Sicherheitskonzept der Schlussgala. Richtig spannend wird die Sache dadurch, dass man bei eingehenderen Recherchen zu dem Mann namens Basil Gaffer auf Schlagworte wie ›Leitender Ingenieur‹ und ›Technikabteilung von *Fun Fellows*‹ stößt.«

»Gaffer?!«, entfuhr es dem Ersten Detektiv. »Dann war das überhaupt kein Begriff aus der Filmwelt, sondern ein Eigenname!«

Verwirrt blickte Bob ihn an.

»Das Wort Gaffer tauchte mehrmals in Mr Calbourns Datenmaterial auf«, erläuterte Justus hastig. »Zunächst dachte ich, es könne sich um einen Beleuchter aus dem damaligen Serienteam oder der künftigen Kinocrew von Wachinski handeln.«

»In Wirklichkeit ist es aber ein Ingenieur von *Fun Fellows*, den Miss Wyngard als Maulwurf in mein Sicherheitsteam geschleust hat«, fügte Mr Nostigon verblüfft an. »Ich erinnere mich dunkel – das war ein völlig unauffälliger Typ mit einem Dutzendgesicht.«

»Unscheinbare Schale und krimineller Kern – eine ideale Kombination, um sich verdeckt in das Securitysystem zu hacken und das Beweismaterial zu manipulieren«, stellte Bob fest. »Muss ja ein echtes Computergenie sein.«

Justus nickte. »Zweifellos. Über ihn sollten später wahrscheinlich auch die Veränderungen an den Mikrochips der Spielfiguren erfolgen. Der perfekte Mann an Miss Wyngards Seite, dessen Loyalität sie sich vermutlich mit eindrucksvollen Argumenten erworben hat.«

Mit abwesendem Blick schaute Peter aus dem Fenster. »Wenn sie nicht so unglaublich verdorben wäre, könnte man diese Meisterplanerin direkt bewundern. Bleibt nur noch die Frage, was es mit diesen rätselhaften Veränderungen auf sich hat.«

Da immer noch keine Rückmeldung eingegangen war, rief Justus nun, wie angekündigt, bei Mr Dungeon an und fragte nach dem Stand der Dinge. Der hörbar aufgeregte Programmierer entschuldigte sich vielmals für die Wartezeit. Er verwies darauf, dass er nach eingehender Analyse der Daten zu unglaublichen Erkenntnissen gelangt sei, die er derzeit mit Nachforschungen zu untermauern versuchte. Mittels der Freisprecheinstellung lauschten alle gebannt den spektakulären Ausführungen, die ihnen in der Tat die Haare zu Berge stehen ließen. Nach herzlichem Dank für die unschätzbar wertvolle Hilfe und dem Versprechen, sich baldmöglichst wieder zu melden, legte der Erste Detektiv auf und blickte angriffslustig in die Runde.

»Nun kennen wir also das wahre Geheimnis von Jessalyn Wyngard. Höchste Zeit, ihr diese verbrecherische Suppe ordentlich zu versalzen …«

Nach einigen letzten Vorbereitungen machte sich die Gruppe per Fahrstuhl, untermalt von einem Potpourri beschwingter Weihnachtsmelodien, auf den Weg in die neunzehnte Etage. Zwischendurch stiegen einige Personen zu und wieder aus, Mitarbeiter der Security waren jedoch glücklicherweise nicht darunter. Die groß angelegte Kontrollaktion lief offenbar wirklich gerade erst in der untersten Etage an. Es würde also ausreichend Zeit für das geplante Vorhaben bleiben.

Im Zielstockwerk angekommen, marschierten sie direkt zum fraglichen Sitzungssaal.

Nach einem letzten Durchatmen klopfte Mr Nostigon, immer noch in voller Kostümierung, an die Tür und trat ein, ohne eine Antwort abzuwarten. Die drei Detektive folgten ihm auf dem Fuße. Miss Wyngard, die vor einer Gruppe von etwa einem Dutzend Leuten am Kopf eines großen, mit Tannenzweigen und einer bunten Lichterkette dekorierten Konferenztischs stand, hielt abrupt in ihrer Ansprache inne und starrte, ebenso wie ihre Zuhörer, die Ankömmlinge entgeistert an.

»HO-HO-HO, hier kommt Santa Claus!«, rief der Exkommissar mit dröhnender Stimme.

»Und er hat eine dicke Weihnachtsüberraschung dabei!«, fügte Justus mit finsterer Miene an. Ihm war nur allzu klar, dass er mit seinen lilafarbenen Socken und dem Frotteebademantel alles andere als Respekt einflößend aussah. Also versuchte er, dieses Defizit mit umso intensiverer autoritärer Ausstrahlung wettzumachen.

So heftig dieser Auftritt Miss Wyngard auch überrascht hatte, so schnell erlangte sie doch wieder die Kontrolle über sich zurück. Ihre erstarrten Gesichtszüge wichen einem breiten Lächeln, während sie sich mit entschuldigender Geste an die vor ihr sitzenden Personen wandte.

»Sie müssen verzeihen – ich hatte völlig vergessen, dass auch noch ein Briefing mit unserem lieben Weihnachtsmann ansteht. Glücklicherweise waren wir hier ja im Grunde mit allem Wichtigen durch, deshalb möchte ich Sie bitten, jetzt schon mal Ihre Positionen für die Gala einzunehmen. Ich komme dann in Kürze nach, okay?«

Unter überraschtem Gemurmel erhoben sich die Anwesenden und verließen mit skeptischem Blick auf das merkwürdige Quartett den Raum. Die *Fun-Fellows*-Werbemanagerin machte indes ganz und gar nicht den Eindruck, als würde sie an Flucht denken. Immer noch breit lächelnd verharrte sie am Kopfende des Tischs und begann nun, andächtig in die Hände zu klatschen.

»Respekt! Da haben es die vier Weihnachtsmusketiere doch tatsächlich geschafft, ihren Häschern zu entkommen.«

»Und nicht nur das«, erwiderte Bob grimmig. »Wir sind auch hinter Ihr dunkles Geheimnis gekommen, Mylady!«

»Tatsächlich?« In gespielter Überraschung hob Miss Wyngard die Augenbrauen. »Na, da bin ich ja mal gespannt.«

»Spannend wird es mit Sicherheit, keine Sorge«, gab Mr Nostigon lakonisch zurück und nahm sich mit einem energischen Ruck den kratzenden Rauschebart ab. »Niemand anderes als *Sie* waren die Drahtzieherin hinter allem, was in den vergangenen Stunden geschehen ist – angefangen beim Anschlag auf den Journalisten Desmond Calbourn.«

»Ach ja?«, erwiderte die Brünette ungerührt. »Und was für einen Grund sollte ich dafür haben?«

»Einen sehr triftigen«, zischte Peter. »Mr Calbourn war bei seinen Recherchen über die neue Figurenreihe nämlich einem riesigen Skandal auf die Spur gekommen.«

Justus nickte. »Sie, Miss Wyngard, verfolgen mit dem Start der HEROES schon seit Langem insgeheim einen perfiden Plan, basierend auf der bahnbrechenden Konzeption dieser gänzlich neuartigen Actionfiguren.«

»Bekanntlich besteht das Hauptmerkmal der HEROES-Figuren darin, dass sie nahezu völlig unabhängig agieren können«, fuhr Bob fort. »Zu diesem Zweck erfasst jede Figur über ihre optischen Sensoren alle notwendigen Daten, um sich im jeweiligen Umfeld orientieren zu können.«

Spöttisch neigte Miss Wyngard ihren Kopf. »Herzlichen Dank für diesen überaus interessanten technischen Exkurs, aber als zuständiger Werbemanagerin sind mir diese Fakten durchaus bekannt.«

»Ihnen ist sogar noch deutlich mehr bekannt«, präzisierte Mr Nostigon. »Beispielsweise, dass im ursprünglich vorgesehenen Modus sämtliche aufgenommenen Informationen nach der Verarbeitung automatisch aus den Speichern der Figuren gelöscht werden.«

»Die Betonung liegt auf ›ursprünglich‹«, ergänzte der Zweite Detektiv. »Denn Sie haben vor, in den künftigen Fertigungsprozess einzugreifen und eine kleine, aber folgenschwere Veränderung an den Mikrochips durchzuführen.«

Justus trat einen Schritt näher an die immer noch stoisch lächelnde Frau heran. »Nach unserem jetzigen Kenntnisstand soll dies mit Unterstützung des vermutlich bestochenen Leiters der Technikabteilung von *Fun Fellows* geschehen: Basil Gaffer, dessen Name in Mr Calbourns Material mehrfach auftaucht. Das Ergebnis dieser Modifikation wäre, wie Peter es schon andeutete, höchst gravierend: Sämtliche visuellen Informationen der HEROES-Figuren würden nun nämlich vor der Löschung an eine geheime Empfangsstation gesendet, wo sie dann doch gespeichert und ausgewertet würden. Natürlich ohne das Wissen der Käufer.«

»Ein Effekt von geradezu monströsem Ausmaß«, ergänzte der ehemalige Kommissar mit ehrlicher Betroffenheit. »Denn jedes Haus, in das die Figuren gelangen, und sämtliche Aktionen der Bewohner wären nun plötzlich Ausspähziele einer gewissenlosen Werbestrategin.«

Zornig funkelte Bob Miss Wyngard an. »Der Zugriff auf diese Daten würde Ihnen eine ungeheure Machtposition bescheren. Denn kaum etwas in unserer heutigen Konsumwelt ist so wertvoll wie detaillierte Kundeninformationen.«

»Falls die HEROES OF THE UNIVERSE also ihren erwarteten Siegeszug quer durch die USA antreten, besäßen Sie auf einen Schlag die Datenhoheit über Hunderttausende, später vielleicht sogar Millionen von Bürgern«, führte Justus weiter aus. »Denn ohne es zu wissen, würde sich jeder Käufer einen oder auch mehrere hoch technisierte Spielzeugspitzel zu sich nach Hause holen und arglos sein Privatleben vor ihnen offenbaren.« Mit dramatischer Geste deutete der Erste Detektiv aus dem Fenster. »Eine Armee von Minispionen, die landesweit die Kinderzimmer überfluten …«

Kopfschüttelnd meldete sich nun auch Peter, der in den vergangenen Sekunden einen aufgeschlagen herumliegenden Prospekt überflogen hatte, wieder zu Wort.

»Und nicht nur die Kinderzimmer. Dank der ›spannenden Themenschwerpunkte‹ der HEROES würden die Figuren vermutlich so gut wie alle Lebensbereiche erobern.« Er wies auf eine knallbunte Doppelseite mit ausführlicher Übersicht. »Beispielsweise lädt der Werbetext für Ocean-Man ausdrücklich dazu ein, dem düsteren Seeherrscher ein Unterwasserreich im Waschbecken einzurichten.«

»… wodurch der Ausspäh-Radius auf Küchen und Badezimmer sowie alle dortigen Produkte ausgedehnt werden würde«, folgerte Mr Nostigon erbost, während er ebenfalls nach einem der zahlreichen auf dem Tisch liegenden Prospekte griff. Bob und Justus taten es ihm gleich.

157

»In der Tat sehr interessant«, stellte der dritte Detektiv fest. »Ice-Man, der Fürst der Schneewüste, entfaltet seine volle Kraft angeblich dann am besten, wenn man ihn hin und wieder einige Zeit ins Eisfach legt. Damit wäre dann auch der Inhalt des Kühlschranks abgedeckt.«

»Und es geht noch weiter«, ergänzte Peter grimmig. »Das geflügelte Insektenwesen Dream-Man soll nämlich vom Nachttisch aus über die Träume der Kinder wachen. Dadurch wären auch die Schlafzimmer unter Beobachtung!«

Mit bitterem Nicken ließ Justus seinen Prospekt sinken. »Nicht zu vergessen Free-Man, den kraftstrotzenden Anführer der Helden, und seinen blauen Kampftiger Armor Cat, die für die Entfaltung ihrer Energie unbedingt die Freiheit der Natur benötigen.«

»Nach sämtlichen Zimmern der Häuser und Wohnungen würde sich der Spähradius also auch auf Gärten und Parks ausdehnen«, schloss Mr Nostigon und fixierte Miss Wyngard mit durchdringendem Blick. »Wenn die HEROES sich zu allgegenwärtigen Begleitern entwickeln, würden die Figuren Sie automatisch und praktisch rund um die Uhr mit Informationen über die Besitzer versorgen: deren Kleidung, Nahrung, Kosmetik, Fernsehvorlieben, Spielwaren und so weiter und so weiter.«

Verächtlich warf der Zweite Detektiv seinen Prospekt zurück auf den Tisch. »Und selbst wenn Sie zunächst nur einen Bruchteil der riesigen Datenmengen auswerten könnten, wäre das Ergebnis doch im wahrsten Sinne des Wortes Gold wert.«

»Dann nämlich, wenn man sie – je nach Themenbereich – an den Meistbietenden verkauft«, ergänzte Bob angewidert.

»Allein darum geht es Ihnen zweifellos: um das ganz große Geld.«

»Sogar gewisse Geheimdienstkreise wären als höchst interessierte Abnehmer denkbar«, fügte Justus an. »Ein Multimillionengeschäft mit nach oben offenen Grenzen …«

Der ehemalige Kommissar machte eine auffordernde Handbewegung. »Bleibt lediglich die Frage, ob dies alles unter der Schirmherrschaft des großen Bosses Lawrence Taggart stattfindet.«

Nach all der Zeit des maskenhaften Lächelns zeigte Miss Wyngard nun zum ersten Mal eine echte emotionale Reaktion, sogar viel heftiger als erwartet. Von einer Sekunde zur anderen schoss ihr die Zornesröte ins Gesicht und ihre Hände krampften sich um die Rückenlehne des Stuhls, hinter dem sie stand.

»Taggart?«, fauchte sie verärgert. »Ihr habt wohl Fieber! Diese Mumie bekommt doch überhaupt nicht mehr mit, was in der wahren Welt vor sich geht! Und echte Führungsqualität würde er nicht mal erkennen, wenn sie ihm mit einem Neonschild ins Gesicht springt!« Energisch tippte sie sich an die Brust. »Mir hat er es zu verdanken, dass der Deal mit den HEROES damals überhaupt zustande kam – mir allein! Und dankt Taggart mir das nun angemessen mit Gratifikation und Beförderung?«

»Offensichtlich lautet die Antwort ›Nein‹ …«, beantwortete Peter die rhetorische Frage.

»So ist es! Nie hat er mein Talent wahrgenommen, geschweige denn gefördert – im Gegenteil. Inzwischen pfeifen die Spatzen von den Dächern, dass Taggarts Schwiegersohn bereits mit den Hufen scharrt, um meinen Posten zu übernehmen. Das muss man sich mal vorstellen: Als Dank für meine brillante Arbeit will dieser Mistkerl mich abservieren!«

»Und um ihm diese Ungerechtigkeit heimzuzahlen, wollen Sie einen der größten Coups in der Firmengeschichte von *Fun Fellows* dafür missbrauchen, zur mächtigen Informationskönigin aufzusteigen, die auf nichts und niemanden mehr angewiesen ist«, folgerte Justus.

»Anschließend wäre von Kündigung sicherlich keine Rede mehr«, mutmaßte Bob. »Schließlich könnten Sie Mr Taggart eiskalt damit erpressen, einen Riesenskandal wegen der illegalen Technik in den HEROES-Figuren loszutreten. Bei Ihrem Geschick im Manipulieren von Beweisen wäre es Ihnen sicher ein Leichtes, die ganze Sache wie Taggarts Aktion aussehen zu lassen.«

Mr Nostigon atmete tief aus. »Sie würden zum neuen Star von *Fun Fellows* aufsteigen und gleichzeitig mit Ihrer unermesslichen Datenmacht steinreich werden.«

»Und um das zu erreichen, ist Ihnen jedes Mittel recht«, fügte Peter zornig an. »Sogar ein Anschlag auf das Leben von Mr Calbourn, der Ihnen vor Kurzem auf die Schliche gekommen ist.«

»Skrupellos und berechnend«, bestätigte der Erste Detektiv. »Ihr Problem war, dass Sie erst jetzt, kurz vor der großen Messegala, Wind von Calbourns Nachforschungen bekamen. Sie sahen sich also gezwungen, direkt hier auf der *GameFame* den drohenden Eklat zu stoppen.«

Nickend verschränkte Bob die Arme vor der Brust. »Also arrangierten Sie ein nahezu perfekt konstruiertes Verbrechen, angefangen bei der Reservierung von Büro 609 für Mr Calbourn, den Sie dann unter irgendeinem Vorwand verfrüht hierherlockten.«

»Und zwar direkt in die Falle«, fügte der ehemalige Polizist an. »Vielleicht haben Sie ihm sogar zunächst noch ein Bestechungsangebot gemacht, damit er schweigt. Oder haben Sie gleich Ihre Handlanger auf ihn gehetzt? Tatsache ist, dass ihm irgendein Giftstoff verabreicht wurde, der ihn kollabieren ließ.«

»Durch die anschließende Präparierung des Tatorts und das spurlose Verschwinden der Täter über die Geheimluke zum unteren Büro sollte das Ganze wie ein Herzanfall aussehen«, stellte Peter fest. »Dummerweise kam ein Reinigungsmann dazwischen, sodass einige Spuren im Zimmer zurückblieben.«

»Spuren, die der hinzugezogene Mr Nostigon und wir entdeckten«, ergänzte Justus. »Und dann geschah genau das, was in Ihrem großen Meisterplan nicht vorgesehen war: Es kamen Zweifel am offensichtlichen Hergang des gesamten Vorfalls auf, und wir begannen mit Nachforschungen. Darüber wurden Sie fraglos augenblicklich durch Ihre Komplizen unterrichtet, die uns vermutlich die ganze Zeit unter der Bodenluke belauscht haben. Natürlich konnten Sie auf keinen Fall zulassen, dass wir bei unserer Untersuchung auf brisante Funde stoßen. Zumal Sie inzwischen festgestellt hatten, dass sich Calbourns Beweismaterial weder im Büro noch in seinem Hotelzimmer befand.«

Bob deutete auf den Exkommissar. »Also disponierten Sie blitzschnell um und eröffneten die Jagd auf den Securitychef. Sie durchleuchteten ihn von oben bis unten und manipulierten anschließend mithilfe des Technikgenies Basil Gaffer das System der Sicherheitszentrale. Von da an übernahm Gaffer die komplette Kommunikation mit Mr Nostigon und schirmte ihn völlig ab. Seine erstaunlich gut gefälschten Videobeweise entlarvten den Securitychef vermeintlich eindeutig als Täter. So war seine Glaubwürdigkeit ruiniert, und da er hier vor Ort keine Vertrauten hat, an die er sich wenden konnte, blieb ihm nur die Flucht.«

»Gehetzt von der eigenen Sicherheitsmannschaft und dem persönlichen Fahndungsteam von Miss Wyngard«, fügte der Erste Detektiv hinzu. »Nicht zu vergessen Ihre gerissene Aktion mit den Peilsendern, die Sie Bob und mir verpasst haben. Seit der Lauschaktion unter Calbourns Büro waren Sie ja ebenfalls darüber informiert, dass wir ›Außenseiter‹ mit Mr Nostigon zusammenarbeiten. Also hofften Sie, dass wir Sie letztlich zu ihm führen würden.«

»Was ihr nun ja auch getan habt, und zwar ganz freiwillig und ohne Sender.« Ein breites Grinsen legte sich über die Züge der Werbemanagerin. »Tja, nach all dem Wirbel könnt ihr euch sicher vorstellen, wie sehr ich mich darüber freue, dass ihr als Ziel eurer Flucht ausgerechnet mich gewählt habt. So schließt sich am Ende doch noch der Kreis.« Mit kalt funkelnden Augen blickte sie auf das Notebook, das Justus unter dem Arm trug. »Ich nehme an, darin steckt, wonach ich die ganze Zeit suche?«

»Nennen Sie es ruhig beim Namen«, forderte Mr Nostigon sie grimmig auf. »Dieses Beweismaterial ist Ihr Untergang! Alle Ihre Pläne von Reichtum und der großen Karriere können Sie nun getrost begraben – daraus wird nämlich nichts.«

»Und diesmal helfen Ihnen weder der Attentäter Skulldor noch diese durchgeknallte Alte mit der Spritze!«, fauchte Peter triumphierend.

Ein Funken aufrichtiger Irritation huschte über Miss Wyngards Gesicht. »Skulldor? Da muss ich euch leider enttäuschen. Weder er noch sonst irgendein Beteiligter der HEROES hat etwas mit der Sache zu tun. Glaubt ihr ernsthaft, ich würde mit einem unkontrollierbaren Haufen neurotischer Schauspieler zusammenarbeiten?«

Nun waren es Mr Nostigon und die drei Detektive, die überrascht und verunsichert innehielten, was die Werbemanagerin sichtlich genoss. Mit noch breiter gewordenem Grinsen verließ sie jetzt ihre Position und ging einige Schritte auf das Quartett zu.

»Mit der ›durchgeknallten Alten‹ habt ihr hingegen völlig recht, auch wenn ich diese Bezeichnung für meine überaus fähige Sonderbeauftragte Mrs White natürlich missbillige. Zugegeben, sie hat einen gewissen Hang zum Dramatischen, aber die Arbeit soll ja schließlich auch Spaß machen.« Mit auffordernder Geste deutete sie zum hinteren Teil des Konferenzraums. »Nicht wahr, Mrs White?«

Völlig überrumpelt wirbelten die vier herum, konnten jedoch zunächst niemanden entdecken. Dann trat aus dem dunklen Schatten eines großen Aktenschranks in der äußersten Ecke des Raums eine dürre Gestalt hervor.

»Die Elfenbeinfrau …«, hauchte Peter entsetzt.

Noch 1 Stunde

24. Dezember, elf Uhr vormittags.
Wie auch die anderen hatte der Zweite Detektiv sofort registriert, dass die bleiche Frau diesmal keine Spritze, sondern einen altmodischen Trommelrevolver in der Hand hielt.
»Und was haben Sie jetzt vor?«, fragte Justus an Miss Wyngard gewandt. »Wollen Sie uns alle erschießen lassen?«
»Aber nicht doch«, beschwichtigte die *Fun-Fellows*-Managerin. »Wir sind doch keine Barbaren. Mrs White wird euch jetzt eine Weile betreuen, damit ihr keine Dummheiten macht. Währenddessen werde ich die große Schlussgala beaufsichtigen und den HEROES einen grandiosen Start bereiten. Anschließend setzen wir uns dann noch mal in Ruhe zusammen und besprechen, wie es weitergeht. Mit dem passenden finanziellen Anreiz wird sich schon ein für alle Seiten akzeptabler Kompromiss finden lassen. Das gilt übrigens auch für Mr Calbourn, wenn er wieder genesen ist. Nach diesem Schuss vor den Bug wird er für eine einvernehmliche Lösung gewiss deutlich aufgeschlossener sein.«
»Eiskalte Schlange …«, fauchte Bob leise.
Mutig trat Mr Nostigon einen Schritt vor. »Und was ist, wenn wir auf Ihren Bestechungsversuch nicht eingehen?«
Mit tadelnd verzogenen Mundwinkeln schüttelte Miss Wyngard den Kopf. »An so eine unschöne Möglichkeit wollen wir lieber erst gar nicht denken. Andernfalls sähen wir uns gezwungen, euch allen das Leben zu ruinieren. Glaubt mir – Mr Gaffer hat die Möglichkeiten, eure Lebensläufe durch hieb- und stichfeste Beweise mit Vergehen in Verbindung zu

bringen, die ihr euch nicht mal vorstellen könnt. Kein Richter der Welt würde euch anschließend noch irgendwelche wirren Verschwörungstheorien über Minispione in Kinderzimmern glauben.«

»In der Tat, ein Plan, wie er einer Meisterverbrecherin würdig ist«, stellte Justus anerkennend fest, während gleichzeitig ein Lächeln seine Lippen umspielte. »Da tut es einem fast leid, ein so brillantes Konstrukt in sich zusammenfallen zu lassen.«

»Ach?«, erwiderte die Werbemanagerin höhnisch. »Und wie sollte das gelingen, wenn ich höflich fragen darf?«

»Genau genommen ist es bereits gelungen«, verkündete der dritte Detektiv selbstsicher. »Und zwar dank einer der typischen Schwächen krimineller Möchtegern-Genies: Selbstüberschätzung.«

Peter nickte. »Dachten Sie wirklich, dass wir ohne irgendwelche Sicherheitsvorkehrungen hier hereinmarschieren, um fröhlich mit Ihnen über Ihre Untaten zu plaudern und uns anschließend gefangen nehmen zu lassen?«

Nun bekam Miss Wyngards Eispanzer doch erste Risse. »Wie ... meint ihr das?«

»Gestatten?«, fragte Justus freundlich und griff demonstrativ langsam, um die Elfenbeinfrau zu keiner Kurzschlussreaktion zu provozieren, in die Tasche seines Bademantels. Zum Vorschein kam sein Handy, das er nun wie eine Trophäe in die Höhe hielt. »Wenn ich kurz vorstellen darf – am anderen Ende befindet sich der zweite Sicherheitschef Charlton Hogart. Und dank der Freisprechschaltung hat er während der vergangenen Minuten sicherlich mit großem Interesse gelauscht.«

Breit lächelnd deutete Mr Nostigon auf die rechte Außentasche des Weihnachtsmannmantels, aus der sein Mobiltelefon die ganze Zeit herausgeragt hatte. »In meiner Leitung befindet sich Ihr Boss, Mr Lawrence Taggart, der seine Werbeabteilung nun wohl sehr zeitnah umgestalten wird.«
»In meiner Tasche hört die Messeleitung mit«, fügte Peter fröhlich an.
Als Letzter tippte der dritte Detektiv an seine Jeanstasche, in der sich das geliehene Privathandy von Mr Nostigon befand. »Und ich habe mir erlaubt, meinen Dad Bill Andrews von der Los Angeles Post das gesamte Gespräch mitschneiden zu lassen.«
»Und, hatte ich zu viel versprochen?«, erkundigte sich Justus mit gespielter Höflichkeit. »So perfekt Ihr Plan auch schien – ein solch exklusives Zeugen-Ensemble können selbst Sie nicht wegmanipulieren.«
Mit einem Mal schien sämtliche Körperspannung aus den Gliedern der Werbemanagerin zu entweichen. In ungläubiger Fassungslosigkeit starrte sie stumm von einem zum anderen. Ihre Knie begannen zu zittern und sie musste sich mit der linken Hand an der Tischplatte abstützen, um nicht einzuknicken.
Die Elfenbeinfrau dachte jedoch gar nicht daran, aufzugeben. Sie nutzte die kurzzeitig auf Miss Wyngard gerichtete Aufmerksamkeit der Gruppe, um den ihr am nächsten stehenden Justus am Genick zu packen und drohend die Waffe auf ihn zu richten.
»Wenn ihr glaubt, dass ich mich so einfach festnehmen lasse, muss ich euch enttäuschen«, zischte sie mit unangenehm

hoher Stimme. »Ich werde jetzt mit diesem Frottee-Adonis den Rückzug antreten – und keiner wird mich dabei aufhalten, verstanden?«

Hilflos mussten Mr Nostigon, Bob und Peter mit ansehen, wie der erstarrte Erste Detektiv von der bleichen Frau zur Tür gezerrt wurde. Doch gerade als die dürren Finger ihrer linken Hand die Klinke umschlossen, wurde die Tür so heftig aufgeschleudert, dass die Kidnapperin und Justus durch den gewaltigen Stoß zu Boden stürzten. Im Eingang stand jedoch nicht, wie Nostigon und die Jungen gedacht hatten, Mr Hogart mit seinem Einsatzteam, sondern ein sichtlich verwirrter, muskelbepackter Hüne im Lendenschurz.

»Free-Man?«, entfuhr es Peter und Bob gleichzeitig, während der ehemalige Kommissar bereits über der Elfenbeinfrau kniete und sie mit geübtem Griff entwaffnete.

»Was … ist denn hier los?«, fragte der verdutzte Heldendarsteller mit Blick auf die seltsame Runde.

Erleichtert blickte Mr Nostigon zu ihm auf. »Ganz einfach: Dank Ihres beherzten Einsatzes konnte eine höchst gefährliche Revolverlady unschädlich gemacht werden.«

»Ach, wirklich?« Augenblicklich witterte der blonde Krieger die Chance einer werbewirksamen Selbstinszenierung. »Tja, ein wahrer Held hat eben einen sechsten Sinn für Notsituationen. Schließlich lautet mein Leitspruch: ›Wo böse Mächte sich erheben, kann es nur *einen* Retter geben …‹« Theatralisch stellte er sich in Pose und spannte seinen gewaltigen Bizeps an. »Free-Man, der stärkste Mann des Universums!«

»Von wegen sechster Sinn!«, fauchte nun der seitlich auftauchende, sichtlich genervte Beastor. »Du bist doch bloß in den Raum reingeplatzt und hast dabei zufällig die Omma irgendwie mit der Tür erwischt!«

Mit belehrender Geste hob Free-Man den rechten Zeigefinger. »Nicht *irgendwie*, sondern punktgenau im richtigen Moment – und so etwas nennt man eine Heldentat.«

»Einen behämmerten Zufall nennt man das!«, keifte jetzt der kleine Zauberer Quorko, der sich soeben zwischen den anderen eingetroffenen HEROES-Darstellern nach vorne gedrängelt hatte. »Aber unser ›Superheld mit dem sechsten Sinn‹ wird daraus jetzt natürlich einen Riesenzirkus machen und uns noch wochenlang damit nerven!«

»Ehre, wem Ehre gebührt«, erwiderte der Hüne unbeeindruckt. Dann blickte er sich auffordernd um und deutete auf die Bürotür. »Würde vielleicht endlich mal jemand ein Foto von Free-Man und dem Tor der Vergeltung machen?!«

»Oh Mann …«, stöhnte Beastor kopfschüttelnd. »Jetzt hat er auch schon einen Titel für die Nummer.«

»He – wieso geht es denn da vorne nicht weiter?«, ertönte aus dem Hintergrund die verärgerte Stimme von Skulldor, der sich nun zur Türschwelle vorschob. »Was ist denn jetzt? Kriegen wir hier die letzten Anweisungen für die Gala oder nicht?«

»Es tut mir leid, aber die Besprechung fällt kurzfristig aus …«, erklärte Justus, der sich inzwischen ächzend aufgerappelt hatte und seinen schmerzenden Ellenbogen betastete. Dann huschte ein aufmunterndes Lächeln über sein Gesicht. »Ich bin mir jedoch sicher, dass die legendären Helden des Universums sich von dieser kleinen Änderung nicht beirren lassen und dennoch eine grandiose Show abliefern werden.«

Jetzt endlich erschien auch Mr Hogart und bahnte sich, gefolgt von seinen Leuten, energisch einen Weg durch die Reihen der exotischen Monster und Krieger. Schwer atmend verharrte er im Türrahmen und stellte erleichtert fest, dass keine Gefahr mehr drohte.

»Sorry für die Verspätung«, schnaufte er. »Wegen irgendeines Systemfehlers sind vorhin sämtliche Fahrstühle ausgefallen. Offensichtlich eine letzte Aktion von diesem Mr Gaffer, der das Chaos für seine Flucht nutzen wollte. Hat dem Mistkerl jedoch nichts genutzt – vor wenigen Minuten ist er meinen Männern ins Netz gegangen. Aber zu Fuß dauerte es natürlich sehr viel länger, bis wir den verdammten neunzehnten Stock erreicht hatten.« Genervt hielt er sein Handy in die Höhe. »Von eurer glorreichen Konferenz habe ich übrigens nur einen Bruchteil verstanden – die Tonqualität war einfach unterirdisch.«

»Das dürfte bei unseren anderen Gesprächspartnern wohl ähnlich gewesen sein«, erwiderte Justus schmunzelnd. »Aber das konnte Miss Wyngard ja nicht wissen. Wir werden natürlich sämtliche noch offenen Fragen beantworten.«

»Das will ich doch schwer hoffen.« Genervt wischte sich Hogart über die schweißnasse Stirn. »Mannomann, das müssen mindestens eine Milliarde Stufen gewesen sein. Am liebsten würde ich meine Füße wegschmeißen und neue dranschrauben.«

Mit erschöpftem Lächeln blickte Peter ihn an.

»Sie glauben gar nicht, wie gut wir das nachfühlen können, Sir ...«

Während das Sicherheitsteam Miss Wyngard und die Elfenbeinfrau vor den Augen der erstaunten Weltraumhelden festnahm, gingen die drei Detektive nach Beendigung ihrer jeweiligen Telefonate gemeinsam mit Mr Nostigon ein paar Schritte zur Seite. Inzwischen hatten sie von Mr Hogart die erfreuliche Nachricht erhalten, dass Desmond Calbourn wieder bei Bewusstsein und auf dem Weg der Genesung war.
»Was denkt ihr?«, fragte Peter mit Blick auf die kostümierten Darsteller. »Wird der große Start der HEROES-Figuren durch diese Sache beschädigt werden?«
»Ich hoffe nicht«, erwiderte Justus. »Weder *Fun Fellows* noch Dwight Fillmore oder die Schauspieler können etwas für die Machenschaften dieser Gangsterlady. Und nachdem sie und Gaffer nun aus dem Verkehr gezogen sind, wird es die Spionaufrüstung der Figuren niemals geben.«
Bob nickte. »So wie ich meinen Vater verstanden habe, sollen keine technischen Einzelheiten an die Öffentlichkeit gehen. Und auch Doe Dungeon wird dichthalten.«
»Somit haben es die Helden und Monster nun ganz allein in der Hand beziehungsweise Kralle, ob eine erfolgreiche Zukunft vor ihnen liegt«, folgerte Nostigon lächelnd.
Zusammen traten alle den Rückweg an. Glücklicherweise funktionierten die Aufzüge inzwischen wieder. Die drei Jungen teilten sich einen Fahrstuhl mit Mr Nostigon, Free-Man, Beastor, Quorko und Skulldor.
Ein wenig verlegen wandte sich Bob an den Mann mit der Skelettmaske. »Ähm, verzeihen Sie bitte die Frage, aber rein zufällig hatte ich gestern Abend ein kleines Streitgespräch mitbekommen. Dabei ging es um irgendeine Aktion von Ih-

nen, die von Ihren Kollegen kritisiert wurde. Und nun überlege ich die ganze Zeit –«

»Na fabelhaft, inzwischen reden sogar schon die Fans drüber!«, entfuhr es Beastor. »Dabei ist dieses verflixte Magazin doch erst heute erschienen!«

»Magazin?«, fragte Justus verwirrt. Auch seine Freunde und der Exkommissar waren völlig perplex.

Verärgert gab Free-Man einen lauten Seufzer von sich. »Na, jetzt ist es auch egal – ihr erfahrt es ja ohnehin. Mein goldiger Kollege hier«, er deutete mit finsterem Blick auf Skulldor, »hat seit Ewigkeiten einen Knacks im Ego, weil er zwar einen der berühmtesten Schurken der Fernsehgeschichte gespielt hat, aber kein Mensch sein Gesicht kennt.«

»Jetzt verstehe ich …«, murmelte der dritte Detektiv. »Mit ›nicht betroffen‹ meinte Skulldor also, dass jemand wie Free-Man dieses Problem nicht hat, weil er ja keine Maske trägt – ebenso wenig wie Reela.«

»Quorko, Beastor und die meisten anderen HEROES dagegen schon«, fügte Justus an, der nun ebenfalls begriff.

Der kleine Zauberer nickte eifrig, sodass ihm fast sein Schlapphut vom Kugelkopf rutschte. »Deshalb kam unser erlauchter Herr der Unterwelt jetzt, im Zuge des Neustarts, auf die glorreiche Idee, in einem Hollywood-Hochglanzblättchen eine fette Homestory zu veröffentlichen!«

»Und … wo ist das Problem?«, erkundigte sich Nostigon.

Erbost gestikulierte Free-Man mit den mächtigen Händen herum. »Was das Problem ist? Das will ich Ihnen sagen! Dieser Vollidiot hat bei der Bilderauswahl auch mehrere Fotos aus unseren wilden Drehzeiten von damals freigegeben!«

»Unter anderem ein paar Schnappschüsse von einer feucht-fröhlichen Poolparty!«, ergänzte Beastor zornig.
»Jetzt geht das Ganze von vorne los …«, stöhnte Skulldor genervt. »Dieser ganze Aufstand wegen der paar Bilder ist doch völlig übertrieben.«
»Übertrieben?!«, brüllte Free-Man zornentbrannt. »Auf den meisten Fotos habe ich nicht mal eine Hose an!!«
In diesem Moment war der Fahrstuhl glücklicherweise im Erdgeschoss angekommen, sodass Mr Nostigon und die drei Detektive sich von den Streithähnen absetzen konnten.
Als sie durch die festlich dekorierte Lobby schritten, hielt Justus plötzlich inne und deutete schmunzelnd zum Empfangstresen. »Auch wenn der werte Free-Man ein großer Verfechter der Freikörperkultur ist, werde ich mich nun erkundigen, wo meine Klamotten nach der Schachtrutschfahrt gelandet sind. Auf Dauer ist mir die jetzige Aufmachung dann doch einen Tick zu luftig …«
Erfreulicherweise gestaltete sich die Auffindung von Justus' Kleidung deutlich unkomplizierter als befürchtet und so kehrte der Erste Detektiv wenig später vollständig angezogen wieder zu seinen Freunden zurück.
In gespieltem Ernst taxierte ihn Bob. »Stimmt, aus detektivischer Sicht ist dein altes Outfit der halb nackten Variante auf jeden Fall vorzuziehen.«
»Absolut«, pflichtete Peter ihm bei. »Apropos nackt – hättet ihr gedacht, dass sogar die mächtigsten Kämpfer der Galaxis sich mit Problemen wie peinlichen Fotos herumschlagen müssen?«
»Vergiss nicht, wer das Ganze ausgefressen hat«, wandte der

dritte Detektiv grinsend ein. »Skulldor, der finstere Lord des Schattenreichs.«

Auch der ehemalige Polizist lächelte. »Tja, es ist und bleibt eben ein ewig währender Kampf zwischen Gut und Böse.«

»Wohl wahr«, stimmte Justus ihm zu, während sie, musikalisch untermalt von ›Walking in a Winter Wonderland‹, nach draußen in den tief verschneiten und malerisch im Sonnenlicht glitzernden Innenhof traten. »Eine Sache stimmt mich jedoch sehr hoffnungsfroh.«

Überrascht hob Peter die Augenbrauen. »Und zwar?«

Strahlend deutete der Erste Detektiv auf Mr Nostigon, der immer noch seinen roten Mantel trug und nun neugierig neben dem prachtvoll geschmückten Tannenbaum verharrte. »Wenn Santa Claus höchstpersönlich gemeinsam mit dem größten Helden des Universums eine böse Winterhexe bezwingt, dann wird es mit Sicherheit ein grandioses Weihnachtsfest!«

MERRY CHRISTMAS
AND A HAPPY NEW YEAR!

Premiere!

Die drei ???®

Horror-Regisseur James Kushing erwacht eines Morgens mit einer mysteriösen Tätowierung auf dem Arm: ein dreiäugiger Totenkopf! Was hat dieser mit dem Film zu tun, den Kushing niemals fertiggestellt hat?

Justus, Peter und Bob decken nach und nach die Wahrheit hinter dem Rätsel um einen gestohlenen Smaragden auf, der vor Jahren spurlos vom Filmset verschwand ...

John Beckmann • Ivar Leon Menger
Die drei ??? und der dreiäugige Totenkopf
128 Seiten, durchgehend 2-farbig
€/D 14,99

kosmos.de/die_drei_fragezeichen Preisänderung vorbehalten